原谅我吧我的猫

[日] 佐野洋子 著

边西岩 译

上海译文出版社

Watashi no Neko-tachi Yurushitehoshii
by Yoko Sano
Copyright © 1982 by JIROCHO，Inc.
First published in Japan in 1982 by Libroport and republished in 1990
By CHIKUMASHOBO LTD.，Tokyo
Simplified Chinese translation rights arranged with CHIKUMASHOBO LTD.
through Japan Foreign-Rights Centre/Bardon-Chinese Media Agency

图字：09‑2019‑292 号

图书在版编目(CIP)数据

原谅我吧我的猫 /(日) 佐野洋子著；边西岩译
. —上海：上海译文出版社，2022.9
ISBN 978‑7‑5327‑8974‑0

Ⅰ.①原… Ⅱ.①佐… ②边… Ⅲ.①随笔—作品集
—日本—现代 Ⅳ.①I313.65

中国版本图书馆 CIP 数据核字(2022)第 133569 号

原谅我吧我的猫	［日］佐野洋子 著	出版统筹 赵武平
私の猫たち許してほしい	边西岩 译	责任编辑 董申琪
		装帧设计 柴昊洲
		插画作者 佐野洋子

上海译文出版社有限公司出版、发行
网址：www.yiwen.com.cn
201101 上海市闵行区号景路 159 弄 B 座
杭州宏雅印刷有限公司印刷

开本 787×1092 1/32 印张 7.25 插页 5 字数 64,000
2022 年 12 月第 1 版 2022 年 12 月第 1 次印刷

ISBN 978‑7‑5327‑8974‑0/I·5569
定价：55.00 元

目 录

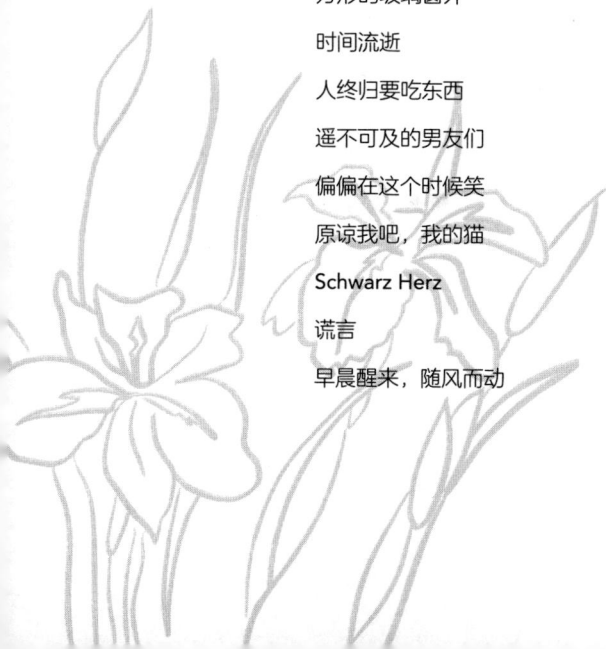

花是美的吗

　　玫瑰，是一种聒噪的花。

　　有一次，我去植物园观赏玫瑰。那天人影疏落、风和日丽，整个植物园十分安静。只有玫瑰园所在的一角喧嚣躁动，听不到声音，却是一派喧哗闹腾的架势。只见那里铺天盖地开满了花，既有花朵硕大的白玫瑰，也有鲜红似血的红玫瑰。有甜美的粉色花瓣边缘带一抹朦胧深色的花儿，也有小小的野蔷薇。有的花儿名字响亮，叫"伊丽莎白女王"，也有的楚楚可怜，被称作"年方十七"。这里不仅有坚挺的花苞和因年轻貌美而沾沾自喜的花儿，也有狼狈的已经开始凋零的花儿。而它们中的每一朵都在争先恐后地拼命表现自己，那硕大的白玫瑰仿佛在说："你看我多白啊，我是如此的雪白。快看我！快看我！"

"年方十七"也在叫喊着："别看我小，我也是与众不同的，楚楚可爱吧？娇小动人吧？惹人怜爱说的就是我！"那花苞也探出头来叫着："你别看我现在还只是个花骨朵，等到明天我就开了呀，等到明天！"就连那野蔷薇也不甘示弱地叫着："别看我个子矮，花瓣也只有一层，可只有我才是野蔷薇！人家是人家，我是我嘛。"哪怕贴着地面，她的嘴也一刻不闲。

还有那已经开始凋零的花儿："原来我长得那叫一个美，变成现在这样到底是谁的错啊？反正不是我的错。"她突然振作起来，全然不见凄惨的样子。

玫瑰，是一种西洋的花。

我去看了菖蒲花。

我原以为菖蒲花只有一个品种，就是端午节常见的开深紫色花朵的那种。没想到它竟有几百种之多，每个品种之间有着微妙的颜色差异和花瓣变化。

　　它们还有"空蝉""浮舟"这些带着几分凄凉的名字。

　　端然伫立的菖蒲花，每一朵都开在一根孑然独立、笔直朝天的花茎上。

　　绝没有任何一支会懒散地靠在旁人身上。

　　而且整片花田寂静无声。

　　我没料到菖蒲花竟是如此妖艳。而这妖艳却又无声无息，唯有妖艳。

　　每一朵菖蒲花，都把自己的那份妖艳包裹起来孤芳自赏、独自欢愉。

　　而且，当一朵安静的花变成两朵时，安静也会加倍。原本我以为寂静源自空无一物，此时忽然发现原来花朵越多，花田就会变得愈发寂静无声，这让我心生畏惧。原来寂静是一种存在，而这一存在的数量增多，也会让寂静变得更加深沉，令我害怕。

　　我的父亲，是个爱种花，又会种花的人。

　　他种的大丽花开起来比小孩子的脸还大，家门前那条死胡同被他种满了大波斯菊，别处的羊肠小道也被他在两边种上了无穷无尽的百日菊。那些百日菊哪怕是落满了灰尘也会一直孜孜不倦地开着，以至于每次我走过那条路，都觉得今天只是昨天一成不变的延续，我的人生也会这样毫无变化、无穷无尽地持续下去。儿时的我，觉得甚是无趣。

　　父亲种的花既不名贵也不稀奇，都是那种随处可见的花，而且一种一大片。打理这些花的时候，父亲的表情绝不是慈祥平和的，他会用手抓了毛毛虫丢在地上，再用脚踩死，还满脸嫌弃地给花施肥。当我折断了大丽花那巨大的花头时，他对我说："我也要对你这么做。"并用惊人的力气把我的手臂扭到背后拎了起来。

　　一个夏天的傍晚，一位十五六岁的陌生女孩迷迷糊糊地一头闯进了大丽花田里。她在大丽花丛中把身上穿的夏日和服脱下丢在一边，全身赤裸，嘴里念叨着"蝶儿"，翻动着手掌翩翩起舞。我从未见过那么美的裸体。远处传来了庙会上击打太鼓的声音。少女的身体被大丽花环绕其中，有一种超越了人类肉体的神圣感。妈妈来不及穿鞋，光着脚跑了过去。在她帮少女披上和服前，虽然只有一瞬间，但我看到的那裸体拥有超越所有名师描绘的圣洁。无论如何询问也不说出自己名字的少女念叨着"蝶儿"，她的声音飘渺得让人辨别不出是从哪里传来的。

　　我想，父亲种的那一大片大丽花，一定是为了这个瞬间绽放的。

　　安杰丽卡是一个需仰视才能看见面孔的高大女

5

生，她炫目的金发宛如盛大的棉花糖一样蓬松，她有时会弯下腰来向我搭话。而我则要把脸仰到脖子险些折断的程度才能跟她对话，如果是下雪的日子，雪花会飘进我的眼睛和嘴巴里化开。

有一天，安杰丽卡送了我七朵开在她的小阳台上的三色堇。我用其中四朵装饰自己的书桌，另外三朵转送给了房东阿婆。其实安杰丽卡是房东阿婆的外孙女，她们虽然比邻而居，关系却异常紧张。

"你为什么把花给了我外婆？真不懂礼貌。"

自打安杰丽卡说完这句话之后，她的表情便变得冷若冰霜，即使在楼梯上与我擦肩而过，也好像没看见我一样。是不是在国外有一种习俗，不可以把收到的花转送他人？到现在我也不知道答案。难道只是三朵无辜的小花，就破坏了我们的友谊？

在我离开那座城市的那天，我去向安杰丽卡道别。我非常喜欢安杰丽卡这个温柔的名字和她轻声细语说话的声音，听起来仿佛是远方传来的铃声。在这个完全陌生的城市里，真诚又热情的安杰丽卡

给孤独的我带来了许多安慰，一想到这些我就忍不住要向她表示感谢。安杰丽卡把门打开一条缝，紧咬双唇接过了我送给她的红玫瑰花束。只见她把花束摔在脚边，并用她的大脚像踩灭烟头一样踩在花束上，然后关上了门。

一朵红玫瑰的花蕾，从门缝中挤了出来。

我曾一度生活凄惨，以至于无法专心做任何事情。于是我怀着亢奋而躁动的心情，在花店里不管不顾地买下了一束大朵的白色牡丹。

把花插好，房间确实变得华丽了，但我却用一种嘲讽的心情审视着那些白色的牡丹花。然后，我发现白牡丹的花芯里那些微微泛红的部位有些色情。在牡丹花枯萎之前，我又买来了粉红色的玫瑰。我还买过满满一大捧的罂粟花，也插过好几支香气浓郁的百合花。在我看来，玫瑰就是虚荣的集合体，罂粟花像是个红颜薄命、可怜兮兮的女人，而百合的浓香只会让我觉得那是一种炫耀，俗不可耐。尽管我这么想，却没有放弃继续买花。但无论季节怎样转换，我心中对花的那份刻薄却没有丝毫减少。

朋友来我家，见状便说：

"你家总有好看的花呢！你有插花的闲情雅致，一定很幸福吧。"

听她这么说，我很震惊。内心觉得十分别扭的同时，我也越发讨厌我自己了。

迄今为止，我从未像那段时间那样，对生活凄惨且内心丑陋的自己完全束手无策。我的家也从未像那段时间那样，花香四溢，绚烂华丽。

高中上数学课的时候，我有一天觉得无聊，便在手中摆弄一朵不知从哪里弄来的红玫瑰的花蕾。很快，我就把花瓣一片一片拔了下来。我发现那花瓣宛如天鹅绒般丝滑，颜色非常鲜艳，于是选了两片形状最好看的大大的花瓣，分别贴在了我的上下嘴唇。瞅准了老师在黑板上写题目的当口，我向后面回过头去。全班同学哄堂大笑，数学老师也回过了头。我没想到同学们都会笑，所以慌忙正过身来，结果刚好和老师四目相对。我的嘴唇上，还贴着玫瑰花瓣。

老师只简短地说了一句"就这样站着"，便又转身写黑板了。教室里变得鸦雀无声，而我就这样嘴唇上贴着玫瑰花瓣站在那里。

为什么大家会笑成那样呢？

书上明明写着，白雪公主有雪一样的肌肤和玫瑰花瓣一样的嘴唇。就算我的肌肤像炭一样黑，人也完全不美，可我只是用嘴唇模仿一下白雪公主，为什么那么可笑呢？

过了很久之后，我又一次把火红的玫瑰花瓣叼在嘴上对着镜子看了一下，这时我终于明白当时为什么大家都笑了，我自己也笑了。

原来美丽的东西，只适合美丽的人。

尹先生是一位年轻的韩国人，是未来的语言学家。在德国南部一座小小的大学城里，我和他曾经做了仅仅为期一天的好朋友。尹先生用他刚刚学会的日语跟我攀谈。

我用漏洞百出的英语，他用蹒跚起步的日语，真不知道我们是否真的理解对方在讲什么。

尹先生对我说，他为了进行语言学的词源研究，无论如何都需要去一趟东欧。可是如果去东欧，他就必须背叛自己的祖国，而他绝不能背叛祖国，但不去东欧他的研究就不会有任何进展。而我对这样复杂的国际关系一窍不通，不知道该说什么好。

尹先生指着哈茨山山顶的白雪，用日语说："纯白。"又指着我的外套说："纯红。"

在我脚边开着一种叫不上名字的黄色小花，也许只是一棵无名的野草。尹先生指着那朵花说：

"纯好看。"

我被他这个"纯好看"感动了，感觉自己刚刚见证了一个新词的诞生。

尹先生把那"纯好看"的黄色小花摘了一朵送给我。我和他自此一别再未重逢。而那朵"纯好看"的黄色小花一直夹在我的日记本里，早已褪尽了颜色，可我还会时时想起只做了一天朋友的尹先生。

而且，我也会时时思考祖国这个词的美丽和分量。

风吹过的瞬间

　　某个夏天的傍晚，妈妈带着我们几个小孩出门散步。我已记不清到底去了哪儿。

　　在树林里，天空中都是火烧云，树木也变成了红色。对我来说，安静的树林有些无趣，可心情大好的妈妈，仿佛变成了邻居家亲切的阿姨。

　　我紧跟在妈妈身后走着。

　　凉爽又温柔的风吹拂着我们。

　　突然妈妈说：

　　"啊！妈妈好幸福。"

　　我非常吃惊，感觉有些难过。妈妈平时总是心情不好，会忽左忽右地把我们摔倒在地，而摔倒的我们只能怯怯地抬眼望着她，害怕她这毫无征兆的脾气。而且，造成妈妈心情不好的原因，正是作为孩子的我们，对于这一点我也觉得无法辩解。当时的我并不知道什么是幸福，也从未想过要变得幸福。

妈妈突然释放出隐藏已久的温柔的声音说："啊！妈妈好幸福。"那个时候我才明白，原来妈妈平时都是不幸福的。

我紧张地环视四周。时而会有凉爽的风，吹过夕阳笼罩下安静的树林。

那个时候我想，妈妈的幸福只有此时此刻在这片树林里才会出现，它非常短暂，稍纵即逝。这个想法让我非常不安。

我也很焦虑，我觉得自己也应该感受到和妈妈一样的幸福。

可是，我的感觉就像在画纸上临摹涂色画上的女孩，却无论如何都画不好。

我至今还在想，如果当时那片树林里没有吹过那些凉爽的风，妈妈会不会彻底感受不到幸福了？

有一部电影《去年在马里昂巴德》，极具艺术性，却晦涩难懂。

在贵族的宫殿里，有几个看似神秘的男女，他们都用一种别有深意的眼神，极端少言寡语地安静而缓慢地走来走去。

可是，让我感到十分震撼的倒是贵族宫殿庭院里的那些树。因为那些树的形状，和上数学课时老师带来展示的那些圆锥体或球体的白色石膏模型一模一样。呈现出尖锐的三角形的庭院树木，排列得整整齐齐。还有网球般滚圆的树木，处于月光的照耀之下。而那些看似神秘的男女，就在这些三角锥体和球体之间，安静而缓慢地走来走去。

欧洲的春天，到来只需一天。

一天之内，整条马路全都变成了纯正的黄色。番红花仿佛突然燃起了黄色的熊熊大火一般盛开了。在公交车站所在的小广场上，出现了一个好像用圆规和尺子画出来的花坛。

那花坛仿佛是一床用颜色艳丽的毛毡拼接缝合的被子，或者是一块用颜料涂满了颜色的画板。

我在想，风该如何？

风该如何和这些开得挨挨挤挤的花相处呢？

我知道日本的插花其实并不是呈现花的艺术，而是用来呈现风的。哪怕在简陋的长屋^①，庭前那几棵盆栽的牵牛花，也会有风穿过。

站在柏林公交车站的花坛前，我想起了马里昂巴德那些三角形和球形的树。风该如何？本该从树枝间穿流而过的风，遭遇了那些石膏圆锥体似的物体的严厉拒绝。

风该如何？

从博洛尼亚市区通往郊外的山顶，有一条悠长

---

① 日本江户时代城市平民区常见的一种连排的简陋住房。

的台阶。

　　这条绵延不绝的台阶上覆盖着屋顶，台阶的侧壁宛如修道院长廊般挖凿出一个个拱门。

　　山顶有一座教堂。

　　正值炎热的仲夏，我独自一人。在那蜿蜒不断的台阶上，我怎么爬也爬不到头。

　　我始终是一个无法适应旅途的人。每到一个新的城市，我都会心生迷惘，不知道该去哪里。于是我会向酒店要来当地的观光指南，前往指南中那些图片很大的名胜，让自己感觉不负此行。而且，我还觉得必须要为那些景观感到震惊或感动才对。

　　可是我没有震惊，也没有感动。很多时候，我站在某座著名的大教堂前，陷入一种呆滞，为自己为何身在此处而感到不解。

　　因为那段台阶实在太过漫长，以至于我已经忘了自己是为了前往教堂才爬台阶的，已然变成了只是为了爬台阶而爬台阶。

　　沿途我也没有遇到任何人。

带着拱形门柱的台阶无穷无尽。

我蹲下来休息。

仲夏的晌午，万籁俱静，唯有炎热。

此时，不知从哪里跑出来一只鸡，从我面前穿过。

它带来了一阵凉风。

突然，我领会了。虽然我不知道自己领会了什么。

在那里有闪光的树叶，有灼热的烈日，有土地，有一只鸡，还有我，一瞬间我领会了这一切。

"啊，原来是这样啊。"我想通了。

虽然我不知道什么东西原来是这样。可就在风吹过的那个瞬间，世界仿佛被一种前所未有的温柔打开了，生存与死亡都和风一起，抑或如风一般被领会了。世界也和风一起，抑或如风一般接受了我。

我曾去过一个西班牙海岸边的古城遗址。那是一个清爽的盛夏。

古城从大海中耸立出来，有一条长长的石阶时断时续、弯弯曲曲地延伸到近前。残损得只剩下一半的古城里，有一些在垒砌的石块中挖凿出的窗口，从那里可以看见四四方方的大海。

那天，我看见一对年轻的情侣，他们坐在山腰处，彼此紧紧相拥了许久。偶尔有登山的游客，走过那里都要绕过他们。尽管如此，他们二人完全不为所动。

我不再看海，也停止了古城探险，改成专心致志地观察他们两个人。

通过仔细端详，我发现他们都非常年轻。女生是一个穿着艳丽的紫色连衣裙的黑人姑娘。她那黝黑的修长的双腿伸展在石阶上，纤细而优美的手臂插在男生的头发中。男生的脸埋在女生浓密而卷曲的发丝里，他用雪白的手臂紧紧地搂着女生的身体。

看上去他们好像在拼命抵抗着某种想要把他们

拉扯开的力量。

他们已经不能抱得更紧密了，可还会时不时仿佛躲避什么一样地扭动一下身躯，再一次抱得更紧。男生像疯了一样左右扭动着他深深埋在女生发丝中的脸。

在山腰那片柔和的绿色中，那个紧紧地搂着一个身着艳紫色连衣裙的黑人姑娘的男生，是一幅绝美的画。

这对情侣宛如岩石般不可撼动，而我也完全不知厌倦，无法把视线移开，只觉得太美。

这时，从海面吹来一阵风，把紫色裙摆吹得哗哗作响。

啊，他们的爱情被风吹到了空中。我暗自思忖。

那份被吹到空中的爱会去往何方？

也许他们很快会离开那里吧。

也许有一天他们会忘记曾经彼此相爱。有一天他们会离开人世。

但，那一瞬间被风吹起的那份爱情，会去哪

里呢?

　　我想，只有那份被风吹起的爱情会永不磨灭，永远存在。

降落在陌生城市的雪

漫长的旅程让我疲惫不堪，以至于从机场坐上出租车时我已经睁不开双眼。

那是一个下着雪的圣诞夜。

第一次在国外看到下着雪的圣诞夜，尽管我累得睁不开眼睛，但那场景还是像一幅画一样令我记忆犹新。

在积雪覆盖的道路两旁，有一栋又一栋带着院子的房屋，而房屋背后则是一整片乌漆墨黑的森林。这里每家每户的院子里都有积着雪的冷杉树，上面装饰着无数个一闪一闪发着光的彩灯。

我坐的车奔驰在这样一幅美丽的画卷中，突然，一只大大的、雪白的狐狸，拖着和它的身体一样长的漂亮的大尾巴从车前一闪而过。

可能要小住一段时间的城市，有如此精美绝伦的景色，这让我深感不安。

我所见识过的日本的众多风景，无论是优美的，还是寒酸的，在我心中都宛如雪花般落下、堆积，然后慢慢消融散去。可是我第一次看到的这个下着雪的圣诞夜风景，无论过了多久，它始终美如画卷，从未消散。

无论住了多久，这里始终是个陌生的城市。

身处这个陌生的城市，我时不时会心头一惊。

这不是因为我还没看惯外国人那玻璃珠般通透的眼睛，也不是因为无法接受男人一头金发，更不是因为外语听起来都像在唱歌。

而这一惊，却是在我看到出租车司机那段看不到脸的后脖颈子的时候。

胖墩墩的中年男子，发际线到西服领子卡住的地方之间，有一段窄窄的后脖颈子，让我不免为之一惊。

这段看不到脸的出租车司机的后脖颈子，比起金发似火的美丽少女更让我感受到这是在外国。

　　我又看了公共车驾驶员的脖子。一层泛红的肌肤叠加在从西服领子里翻出来的肉上，再加上白茫茫的汗毛，这让我意识到自己已经远离日本，恐怕再也回不去了。

　　我一点点习惯了这个城市，开始一个人到处走走逛逛，也会去菜场买些蔬菜和肉类，在这个城市开始了真正的日常生活。尽管如此，当我在收银台看到排在我前面的肥胖男人那段看不到脸的后脖颈子时，我还是会为之一惊，感到孤独。

　　直到离开这个城市为止，我始终没办法适应这件事。

　　与这个城市的人约定时间，他们既不会迟到一分钟，也不会早到一分钟。学校里的朋友，如果定下来每天要画几张素描，则无论发生什么事情都会一张不少地完成。房东家的外孙女会确定一周的菜单，然后一整年按顺序循环吃那七个菜。看起来，她这辈子都不打算做出任何改变了。

无论多么时尚的女子，也绝不会追求那种慵懒风格的时髦，一定会把扣子从上到下全部系牢。

邮递员一定会在十一点半准时到来。

城里的街道无论到哪里都是笔直而宽阔的。完全没有那种弯弯曲曲的羊肠小道，也不会有野狗四处游荡。这里的狗一定会戴着金属网的口套，套着绳索，在固定的某棵路边树下解决大小便问题。

我的思乡病一发作，就会开始漫无目的地四处闲逛。

走累了就随意乘上一辆线路号看上去顺眼的公共汽车。

如果公共汽车的终点站是一个湖或一片森林，我就会再多走一段路。

有一天，我走在森林里，看到一个画着鹿的路标，那是提醒行人小心有动物出没的意思，但实际

上我只遇到了松鼠和兔子。

走着走着开始下雪了，于是我打算打道回府，便停下了脚步。杂树丛里的树木排列整齐，我发现眼前好多棵树都整齐地排成了一条直线。我又走了几步停下来观察，树木依然都排成一条直线。无论我走到哪里，树木都像士兵一样，间距整齐划一。够了、够了，我知道了，我差点叫出声来。

然后，我抬头看天。

飘落的雪花，也排成了一条直线。

我一定是思乡病发作了。

在这个陌生的城市里，我一直在写信。

有时候会给同一个收信人，一天连写三封信。我每天都会去邮局，也一门心思守候着邮递员登门的时间。

有一天，我在邮局门前看到一位相貌奇特的老妇人。

她穿着豹纹外套，戴着一顶装饰着羽毛的绿色帽子。而她那戴着帽子的脖子好像断了一样，向前歪着。我从未见过有人的脖子能弯曲成那个样子。而且她消瘦的身体还在不断抽搐，从僵硬变形的嘴角漏出嗖嗖的声音，仿佛从窗缝吹进了风。

我以为她马上就要倒地一命呜呼了。

结果好几个迈着大长腿的男人从她身边走过，竟没有一个人停下脚步。

我正打算走到她身边。

只见老妇人慢慢悠悠地向下伸出了宛如枯树枝一般的手，颤颤巍巍地抓起了脚边的购物篮，好像要向前跌倒一样哆哆嗦嗦地走了起来。她的脖子还是向前歪着。

我想这个老妇人恐怕在今天或者明天就要离开人世了吧。不，也许此时她已经不在人世了。

然而第二天，就在同一个地方，老妇人以同样的姿态站在那里。脚边依然是她的购物篮。

我不知道她已经在那里站了多久，只要我去邮局，就时常会看到她。

又一个下雪的日子。

老妇人又站在邮局门前。

下雪的时候，人们会更匆忙地赶路，所以一边抽搐着一边歪着脖子站在那里的她，显得更加诡异。

没有打伞疾步前行的我，外套上只落下稀疏的几片雪花。可我看见老妇人那豹纹外套的双肩上，已经薄薄地积了一层雪。

那真的只是一位老妇人吗？

站在那里的并不是一具衰老的肉体，而是从小到大都会明确表达是或否的西方女性的那份坚强意志。哪怕身体已经僵硬、抽搐，脖子已经歪了，她那份坚强的意志只会愈久弥坚，站在那里的不就是那份坚强的意志吗？

这个城市里的人，无论什么都要上锁。我从街上回到自己租住的小屋，需要穿过很多扇上着锁的大门。小区入口的门上有锁，楼门上有锁，房东阿婆家的门上也有锁，更过分的是那扇门的上面和中间有两把锁。然后我自己的房门有锁，厨房的冰箱和餐具柜有锁，就连那张吱嘎作响的床边上的书桌抽屉上也有锁。

位于四楼的我的房间里唯一的窗子上，有一个锁孔。开在耸立的石壁上的一扇小小的窗子上的这个锁孔，让我百思不得其解。

所有门上的锁，都是一旦关闭就会自动上锁。如果你把钥匙忘在房间里，你就没办法再次进入这个房间了。对于每天出入好几次的我来说，一想到自己的房门一旦把我轰出家门就会自动上锁，总有种我被自己的房间拒绝了的感觉。

那是一个下雪的日子。我发现了一处废弃房屋，门前带着一个很开阔的庭院。那里一直保持着几十年前在战争中遭受轰炸后的样子，房子缺失了超过三分之一的屋顶，从外面就可以一目了然地看到内部的格局。

这个城市里到处都能看到这样的房子。还有很多公寓原封不动地保留了残存着无数弹痕的墙壁。

雪落在这个极尽荒芜的开阔庭院里，慢慢堆积起来。结实的大铁门上挂着一把硕大的锁，已经锈迹斑斑。在没有屋顶的玄关处残存着一扇大门，上面也牢牢地挂着一把硕大的锁。看到它的时候，我在失笑出声前，先受到了冲击。

到底是要保护什么免受什么的侵犯呢？

雪还在慢慢堆积，看上去曾经是卧室的房间白茫茫的一片。

一切拒绝的手段都已经毫无意义，唯独拒绝的意志表达明确。

那把锁并不是为了保护那些眼睛看得到的东西。

它在保护的是那些即使遭受破坏，即使腐朽不堪，即使已经消失不见，却依然存在的东西。

我从未像那一刻那样感受到，这个城市里数不胜数的锁，正在明确地表达出对我的拒绝。

从天而降

我小的时候，每当下雨都会跑到屋外，仰面朝天地张开嘴。

然而，哪怕我拼命把嘴咧开到眼角，落进嘴里的雨滴也少得可怜。可是，雨是甜的。

"雨水里有糖"这个骗小孩子的瞎话，我一度深信不疑。

为了不让自己的嘴巴累着，我把过家家用的小水桶放在屋外。不顾被雨水淋湿，也要蹲在桶边等着雨水多起来。

等雨水稍稍积攒了一些，我就用手指蘸一下放在嘴里品尝，结果一点也不甜。

我再次仰面朝天地张开嘴。

从天而降的小小雨滴确实是甜的。我觉得一定是我的嘴和小水桶之间出了什么问题。

下雪的时候，我也同样跑到屋外，仰面朝天地张开嘴。

雪花的飘落要比雨滴缓慢得多，星星点点地落入口中化开。

在我嘴里化开的雪花也是甜的。

于是，在我眼中，白雪皑皑的山就变成了一座白糖山。

那时我们太馋甜味的东西了，所以院子里积雪形成的小山，看上去就是一座巨大的白糖山。在那个年代，带甜味的东西就只有一种叫做"糖精"的片剂。

我扑上去趴在雪山上，把雪塞进嘴里，结果满嘴土腥味儿，冰冰凉凉的很苦涩。

尽管如此，我依然不愿相信雪山并不是白糖山这件事。

我决定不再靠近雪山了，改成透过窗子看雪。

院子角落里煤炭堆起的小山一片雪白，闪闪发光。

我想一定是因为我趴在雪山上把雪塞进嘴里，才让雪变得不再是白糖了。

只要我站在这里远远地望着那座白光闪闪的小山，那座山就还是白糖山。

为什么我对事实心知肚明，却还是更愿意把雪山当作白糖山呢？

为什么我认为，只要我远远地望着，那座山就会真的变成白糖山呢？

我可以一直这样透过窗子，望着那座闪着光的白糖山，一直觉得它甜甜的很好吃。

几十年的岁月，带给我无数美丽的雪景。

可是年幼时，那个我满怀热情、心无旁骛地觉得那就是白糖而远远眺望的雪山，我却再也没有拥有过。

第二天，因为太阳照射而开始融化逐渐露出黑色地面的雪山，让我十分痛苦。

它变成对珍贵且美味的白糖的亵渎。

学生时代，我曾寄宿在牛込的小姨家里。

小姨家在一条弯弯曲曲的小巷尽头，是一座已经有五十多年历史的老房子。

那条小巷与几条小巷绵延相连，其间匍匐聚集着很多只有古装片里才会出现的长屋，这种房子的玄关大门的上面半，还是贴着纸的格窗。

一下雨，小巷路面铺设的石块儿就会松动摇晃，泥水咕唧咕唧地从石缝中迸溅出来。

我站在巷子里看见，在长屋前的小院里，那个据说是花匠师傅的小妾的女人正在晾晒兜裆布，还有一对母子在糊信封。小姨隔壁邻居家的大门前，经常有一个穿着夏季和服抱着孩子的幽灵出没。

虽然房屋歪七扭八参差不齐，但生活在那里的人们丝毫不会让人产生不洁的感觉。夏天他们会给小巷的地面泼水，玄关的拉门也会一直开着，上面挂着竹帘，小小的窗子上缠绕着牵牛花。

有一个早晨，我一打开窗，发现外面下雪了。白雪闪着耀眼的光芒，把周遭装扮成了完全不同的另一个世界。

拥挤杂乱的长屋屋檐变得异常美丽。小姨家屋顶那略有起伏的瓦片在白雪的覆盖下高低错落，有一种不可思议的美。

我再一次发现大自然是公平的，这让人喜悦。

我记得曾经读到清少纳言笔下写道：一个贫穷、污秽甚至凄惨的房子一下雪就有了情趣，还真是不知天高地厚。

在下雪的日子里，我又想起了在小姨家看到的那个雪天的风景。想起了那些彼此依偎地生活在那个小小屋檐下的人们，令人怀念。

任凭我怎么摇晃也不愿起床，只用一句"下雪了"就会一跃而起把我撞飞的儿子，和一大早就打来电话说"姐，雪，下雪了"的妹妹，他们也都是生活在贫穷而且凄惨的屋檐下的人。

而我偏偏喜欢对这些贫穷而且凄惨的人冷眼相看的清少纳言，因为她对那个下雪的日子的评价，实在太过直率。

下雪的夜晚，街道房屋宛如绘本里圣诞节的景象。阴天的日子，墙壁就像褪了色的黑白照片。冬日的阳光，却明亮炫目得让人眼睛生疼。

外国的自然环境，超出了我的认知。美丽的雪中景色也好，耀眼的冬日阳光也好，我都曾十分抗拒。

有一次，因为工作原因，我来到某座高楼大厦的一个房间里。从雪白的衬衫袖口露出金色汗毛的年轻且成功的公司老总，满面春风地看着我的脸。

"我希望你能画一幅像你那漂亮的双眸一样迷人的画。"

听他这样说，我受宠若惊，像个傻瓜一样尴尬地笑了。外国男人的说话方式，就和外国的自然环

境一样，我一时无法适应。那个男人指着巨大的窗子说："雨下得很美。"窗外下着细雨。啊，原来今天在下雨，已经到春天了吗？

我感受到了日本湿漉漉的六月。

我开始怀念那些降临在牛込那连墙接栋的小姨家里的雨。那些下在房后墓地的卒塔婆①和厕所的窗子之间的绵绵细雨。那些敲打在昏暗的客厅窗玻璃和翻过邻居家的矮墙伸展过来的树叶上的丝丝小雨。我把思乡病都凝结在纤纤雨丝上，一边透过那面莫名巨大的窗望着美丽的外国风景，一边流下了眼泪。

"你的心里也在下一场美丽的雨吗？"

那个浑身长满金毛的成功男士，又一次笑容温柔地说道。

"小姨，如果下雨了，我就给你盖一座能够看见大海、看见树木、看见美丽的雨的房子。"这是

---

① 塔形竖长木板，为追善供养故人而立于墓后，上面书写题字和佛教经文。

个谎言。我只是在怀念那些丝丝绵绵的小雨。

在一个冬季下雨的傍晚，我遭遇了骗子。当时我又冷又饿，步履匆匆，只想早点回到小姨家，赶快吃上晚饭或钻进暖桌里。

就在我刚要从明亮的商店街转进小巷的时候，一个女人叫住了我。

"请问去东京站怎么走啊？"

只见那个女人系着一块方巾，戴着大大的口罩，穿了一件黑色的大衣，却没有打伞。

"从这里坐公共汽车到市谷，然后再换乘国铁。"

"可是，我想走着去。"

她用一眨眼的工夫告诉我她是一个大学生，住在清濑的疗养院，今天要回父母所在的伊东去，可是途中在池袋，她把钱搞丢了。

我想也许她是个骗子。

但转念又觉得她可能不是。

我钱包里的钱也少得可怜。

"你是大学生吧?"她问我。

听她对我说出"大学生"这个词,让我突然清醒地意识到"对啊,我是个大学生"。当我想到自己是个大学生的同时,也意识到她也是一个大学生,却生了病,这让我对自己的健康身体感到有些愧疚。

我从钱包里拿出到东京站的车票钱,跟她说后面的费用可以在东京站跟车站的工作人员借一下。虽然只是很少一点钱,但她执意归还,所以请我把家庭住址写给她。我把纸垫在药店的窗子上,写下了小姨家的地址。她一边看着,一边问我:"你老家是哪里的啊?"

"静冈。"

"哎呀,我也在静冈住过一段时间呢。"

随即我就相信她了,甚至有了久别重逢的感觉。我打算跟小姨借点钱再借给她。

于是，我带她走进了小巷。

听说我在美术大学读书，她说："我很喜欢凡·高。"我又进一步相信了她。虽然我并不是那么喜欢凡·高。

我一跑回家，就马上和小姨说明了借钱的理由。

小姨说："这事有点怪，我会识破她的诡计的，你们先进屋吧。"

外面下着雨，她却不愿意进门，看上去好像在隐瞒着什么。我却以为她那是客气。

小姨执意让她进屋，她进来站在玄关台阶下的角落里，把我刚才说过的话又跟小姨说了一遍。

小姨把我领进客厅对我说："怪怪的。"听小姨这么说，我就回了句："不会的。"

小姨从钱包里拿出两千日元交给我，我把这钱交给了那个女人。其实我妈给我汇了一万日元，其中八千日元作为住宿费上交给小姨，那两千日元可以说是支撑我所有生活的财产了。

表妹沏了红茶端了过来。

她把大大的口罩稍稍掀开一条缝，原地站着喝了红茶。喝完茶之后，她对小姨说："实在不好意思，我可以借那双凉鞋吗？"

她指着小姨那双全新的凉鞋。

然后她把自己那双已经破了的湿湿的凉鞋放在玄关的角落里。

"明天我和妈妈一起登门归还。"

她恭恭敬敬地低头致谢。

雨还在下。

我说："我送你。"撑起一把伞罩住她。她每走过一条路都要说几次："可以了，就到这里吧。"可我却感觉自己好像交到了朋友，心想如果明天她再来小姨家，我们就能成为真正的好朋友了吧。可是不知道为什么，她渐渐地不再说话了，开始露出焦急的样子。我想可能是因为路面电车迟迟没来的原因。

路面电车来了，她又一次恭恭敬敬地低头向我敬了个礼。

她说："我明天一定会来的。"

然后她上了车。

我看着她的背影。

就在那个瞬间，我清楚地明白了："啊！我被骗了。"

那个背影，把我和她之间的联系干净利落地斩断了。

在她的意识中，就在那个瞬间我已经成为一个没有用的存在了。这一点被她的行动清清楚楚地表现了出来，她再也没有回头。

那天要是没下雨……之后我屡屡这样假设。一定是因为当时正在下雨，"生病的大学生"才会让我心生同情的。

她的背影在有轨电车的灯光中看起来是那样的清晰，这一定是因为我正站在下着雨的车外。如果她不是背对着我，而是对我挥手，那么也许第二天她就会把两千日元和小姨的新凉鞋送还给我吧。

因为人会说话

我每周都会去一次画材店的二楼画速写。从店铺上二楼要爬一个垂直的梯子，二楼的地板上开了一个四四方方半间①大小的洞。二楼的地面因为附着了干燥的泥土而变得粗糙不堪，手搭在洞口爬上去的话，就会看见一个赤身裸体只披了一件浴衣的模特，一边叼着烟吞云吐雾，一边直盯盯地看着从洞口爬上来的人，一言不发。

聚集于此一起画裸女的人也不知道是画家还是学生，我在那里没和任何人说过话，也没见任何人彼此之间有交流。总是会有一个人看一眼表说："时间到了。"模特便脱下浴衣或站或卧。那模特无论何时看上去都仿佛在生气，一副不高兴的样子，而围在她身边那四五个人也都默默地挥动着铅笔，但凡有谁轻咳一下，都显得极不自然。

画材店位于站前的一条小巷里，两边都是卖鸡肉串的店、酒吧和小酒馆。我们开始画速写的时候，色彩浓艳的霓虹灯也一个挨着一个地亮起来，但身处画材店没有窗子的二楼，我们只能听到街道上传来的行人的说话声和脚步声。

有一次，从下面的街道上传来两个女人的说话声。其中一个好像在责备另一个，而另一个人好像比对方年轻，听上去好像在时断时续地辩解着。她们嘀嘀咕咕地站在原地聊了很长时间，可我却完全没听出来她们在说什么。也可能是二十岁的我对风俗女完全没有兴趣吧。

"你这么干，社会圈子可就变小了哟。"

只有这一句我听得清清楚楚，然后就安静下来了。

---

① 日式传统建筑柱子与柱子之间的距离，一间约为 182 厘米，半间约 91 厘米。

我第一次听到"社会圈子变小了"这个说法。

她们说的"社会圈子",和我所知道的"社会圈子"显然是不一样的,我清晰地意识到了这一点。

在我看来所谓的"社会圈子",是眼睛看不到的,笼统地围绕在我的周围。它有一些陈旧,有一些碍手碍脚,是我想清除掉的东西。

那个时候我第一次明白,原来社会圈子就是每一个活着的人之间彼此的联系。

我十九岁那年元旦,父亲去世了。

我很后悔自己抛下卧床不起且生命垂危的父亲,跑到东京去读高考补习班。为了考上美术大学,我把那一年几乎所有的时间都用来拼命画画了。

在东京我结交了一些真正可以称之为朋友的人,虽然我们都明知道,最后对方一定会成为彼此最大的竞争对手。当那个写了很多人名字的奠白事礼金的袋子和好几封厚重的信被送到我手里的时候，比起两个月后的高考带给我的焦虑，我好像更迫切地想要回到朋友的友情当中去。我原来很害怕父亲，但毕竟失去了不想失去的人，我想可能我在渴望一种人与人之间的联系。

在众多朋友的安慰和鼓励下，我回到了备考的日常生活中。这天，我坐在画架前，心里想着今年必须要一举成功。一个朋友走过来，坐在我旁边空着的椅子上。我和他平时鲜有交流，所有的交往也就是见面打个招呼、一起走到车站的程度。他沉默了片刻，只说了一句话。

"很辛苦吧。"

短短一句话，却让我深深感动。

他只是一个交情浅薄的朋友。

只说了这短短一句话，充分说明他只是一个交情浅薄的朋友，可正是这份浅薄的友情深深打动了我。

在那道一直支撑着我的浓墨重彩的友谊光环之外，这份疏远的友情就像我们远远地眺望一颗闪亮的星星，以此感受到整个宇宙的绚烂。

阿清是父亲那边的远房亲戚。我们相处的时间不长，但在我住在父亲老家的那段时间里，我们俩曾经一起上学。他比我高几个年级，纤细的身子上顶着一个下颌消瘦的三角形脑袋。这个肤色苍白的长着三角形脑袋的男孩，浑身散发着一种苍白的三角形的气息。

后来我在东京小姨家寄宿的时候，已经在东京的设计公司就职的阿清还专门跑来看我。那时我是多么开心啊！俨然大人模样的阿清，虽然穿着西服，系着领带，但他的肤色依然是苍白的，浑身依然散发那个三角形脑袋男孩的气息。他让我想起了父亲老家那个小山村里的层层梯田和吊在向阳处晾晒的柿饼。

我们走进新宿的一家咖啡店，仿佛两个真正的成年人一样喝了茶。我感觉已经是成年人的阿清真的对我说了些只有成年人才会说的话，这让我觉得非常有趣，心想所谓远房亲戚就应该偶尔喝个茶什么的。

阿清把我送到了公共汽车站，然后对我说：

"你还会应酬我吗？"

我想也没想就哇哇大叫起来。

"不行！那可不行！"

我对"应酬"这个词产生了抗拒的反应。"应酬"这个词在我看来，是不干不净、卑鄙下流的，是无法原谅的。

我并不讨厌阿清。

如果他没有说"应酬"。

而是说："下个周日，我们一起去看电影吧！"

我一定会很开心地答应的。

　　事到如今我仍觉得对不起阿清，年纪越大我越无法原谅自己。我简直就是个疯子。只要我还活着，只要那个对着阿清大喊"不行"的我还活在这个世上，我就是一个疯子。

　　可是，到今天我依然不喜欢"应酬"这个词。

　　一个夏天的傍晚，我抱着一只大大的西瓜跟在叔叔身后。

　　叔叔愿意给我买这么大的西瓜，自然让我觉得他那天心情一定很好，而且他也不讨厌我。我想当时的我有点得意忘形了。

　　可是那个西瓜又大又圆，而且很重，很不好拿。

　　结果西瓜从我手中滑落，掉在人行道的地面上摔裂了。

　　叔叔回过头来对着我"喊"地咂了一下嘴。那之后可能他还埋怨了我几句，但我已经被他那声"喊"重重地击垮了。

我抱着滴着淡红色汁水的狼狈的西瓜，脚步沉重地跟在叔叔身后。刚刚自以为叔叔心情好而沾沾自喜的自己，是多么不谨慎，多么丢脸啊。我想叔叔的那声"喊"，并不仅仅因为我失手摔坏了西瓜，而是对我这个存在本身的一种厌恶。甚至是……

……自己先数次对我咂嘴，我也都听到了，可是这些我也全都不记得了。

在那个夏天的傍晚，对摔坏了西瓜的我咂嘴的叔叔，我并不讨厌他。

在我看来，那个因为得意忘形而出洋相摔了西瓜的儿时的我确实令人讨厌。我也对叔叔眼中的那个我感到厌恶。

我和崔先生是十二年前在德国认识的。我住在那儿的那段时间里，我们曾经是亲密的好友。我之所以能结交这样的外国友人，完全是因为崔先生那了不起的外语水平让我刻骨铭心地认识到，我们只能在拥有的词汇量的范围内发挥自己的思维能力。

　　当我们说德语的时候，我觉得崔先生是德国人。说法语的时候，我又觉得他是法国人。可当他说自己的母语时，我很感动他原来还会说韩语。

　　崔先生教给了我日语"放松"一词的词源，而我只会把"放松"（くつろぐ）这个词说成"放松"（つくろぐ）。

　　我想崔先生一定对我在外语学习上毫无进取之心感到气愤吧。我理所当然地说着日语，却又时常会想起他是一个外国人，感到不知所措。

　　有一次，我们看到了两张毕加索的石版画。两张画的都是斗牛场上的同一个场景。他问我觉得哪张更好，我指了其中一张。

"确实是的。这张画出了斗牛场里的喧嚣。"崔先生说道。

我脑子里组织出的语言只有："我从这张画里听到了声音。"我绝对写不出"喧嚣"这两个字，企图用"声音"代替"喧嚣"一词的自己让我觉得无地自容。

后来我和崔先生就在我们结识的这个异国城市告了别。之后我和这位大概三年才会来一次欧洲的崔先生在东京又见了几次面。

每隔几年才见一次面的我，好像正在迅速地衰老。

每每我在酒店大堂等待，彬彬有礼的崔先生总会从容不迫地走过来，一边和我握手一边说：

"人啊，年纪越大就越像自己了。"

我说不出如此精准的日语。

方形的玻璃窗外

　　我因为麻疹住院的时候只有一岁，所以这个记忆也许并不是真的。我待在一个亮着灯的病房里，在一扇窗框涂了白色油漆的玻璃窗里面。从那个窗子可以看到医院的中庭，中庭里巨大的石板被铺成了"卍"字的形状，穿着和服的妈妈和穿着水手服的哥哥手拉着手，从远处向我挥着手。虽然中庭里很阴暗，但无论是妈妈和服的颜色，还是哥哥那灰色的水手服，我都看得非常清楚。

　　而且，我还变成了哥哥。

　　我看到了紧紧贴在病房那扇白色小窗边不愿离开的自己。看到我的脸蛋儿刚好可以填满那扇小小的玻璃窗，我的额头贴在窗玻璃上，正在朝着身为哥哥的我挥手。

身为哥哥的我，看着我自己，感受到了额头贴着的玻璃窗是冰凉的。

在这个只有我自己相信的最初的记忆里，哥哥和我之间有一扇小小的玻璃窗。

北京的冬天寒气逼人，所以窗户都是双层的。家里那扇窗虽然朝着院子，我却完全没有透过它向外张望的记忆。

一个寒冷的早晨，我跑到窗边。

双层窗户靠里面的一层是分割成二十厘米见方的几块方形玻璃窗，上面结满了冰花，呈现出千姿百态的花纹。这些花纹把每一块玻璃都装扮成不同的模样，连在一起却又宛如一条精美的蕾丝花边。它们有的像一朵花或是一片树叶，有的则是六边形雪花结晶的形状。这些花纹严丝合缝地连在一起，让人完全看不到外面的风景。

我和哥哥开始争夺那些冰花最美的玻璃窗，而我们总是看中同一块玻璃。我们争夺的是用手指把那最漂亮的冰花抠下来的权利。如果不能第一个把最美的冰花破坏掉，此番争夺就毫无意义了。

　　哥哥把手指按在玻璃窗上的时候，他似乎有一点犹豫，于是屏住气，好像下了狠心一样，把指甲立在玻璃上。我也"呼"地出了一口气。只要破坏行动开始了，那么我也可以用手指随意地破坏那个冰花了。小小的玻璃窗渐渐变得透明了。可窗外的风景我们都没看，所有的心思都沉浸在抠冰花这一件事上了。看着被我们搞得一塌糊涂的窗玻璃，我们仿佛欣赏被自己征服的国土一样心满意足。

　　要破坏下一块冰花的时候，那花纹已经融化了。滴滴答答的好像眼泪一样流下来，我们对这样的窗子已经没有任何兴趣了。

　　我也不知道这到底是为了什么？为什么那么渴望自己可以第一个破坏那个最美好的东西？

　　不愿让美好的东西始终保持美好的欲望，到底是为什么呢?

　　住在德国的时候,我从厨房可以看到邻居家的一扇小窗。而那扇窗里总是坐着一位身着黑衣岿然不动的老妇人,她完全无视我的存在。

　　那扇小窗被素雅的蕾丝窗帘包裹着,庭院里长满了仿佛弥漫在雾霭之中的枯草。每天吃好早饭,我都会张望邻居家的那扇窗,而老妇人早已端坐在那里。我猜测着何时老妇人会起身去吃饭或去做家务,于是像只青蛙一样蹲在厨房里的暖气上,守望着老妇人。

　　不管时间过了多久,老妇人总是纹丝不动。窗子里的她,已是画框中的一幅画。

　　我执念深重地期待着老妇人可以动一下,到底是为什么呢?

　　这只是世人常说的好奇心吗?还是相信生命在于运动的自以为是呢?

老妇人纹丝不动地坐着，这就是她顽强地活着的证明，是所谓生命的不可思议之处。

那是一个寒冷的夜晚。

我家那扇朝着大马路的窗户，传来了轻轻敲打的声音。一个九岁上下的男孩攀上了窗框，笑着朝屋内张望。

玻璃窗中有一扇小窗是可以打开的。

男孩把手中一个用报纸包着的东西从那扇小窗塞了进来。

"这个给你。"

他说道。里面是两根紫菜卷寿司。

"快回家吧。"

母亲对他说。

"我没有家。""你爸妈呢?""没有了。这个给你。""为什么啊?""那边的阿姨给我的，给你了。""你自己留着吃吧。""我吃过了，给你了。""你明天还会饿的，留着明天吃吧。""给你，拿着！"

男孩一直在笑。母亲把他的手推出去，锁上了那扇小窗。男孩在窗外依旧笑着，过了一会又传来敲打窗子的声音。

他说："我忘了说再见。"

我每次想起这件事，都会想到那扇关闭在小男孩面前的小窗。战争结束那年的冬天，我们在大连饥寒交迫，恨不得把书和老鼠都一股脑儿塞进俄式壁炉里用来点火。但是在明亮的灯光下，五个孩子和父母在一起也算是其乐融融了。

从昏暗寒冷的室外，透过那扇明亮的窗看到的我们，应该是一幅幸福美好的画面吧。

上大学时，我借宿的那栋房子后面有一间像是临时搭建出来的屋子，而那屋子的窗户隔着一条窄窄的小巷，正对着我的房间。

那个房间的玻璃窗上贴满了不透明的窗户纸。

有一次，屋里传来了女人的喊叫声，很像曾几何时在收音机里听过的前卫音乐。我就听到过一次那个声音。和我一起住的朋友小声跟我说，那个疯子从医院回来了。

有一天，那白色的窗户纸上开了一个咸梅干大小的洞。好像是用唾沫弄湿了之后，用手指戳出来的。定睛一看，洞口是一个人的眼睛。

第二天，洞口处粘上了一块梅花形状的白纸。

又一天，梅花变成了两朵。对面却依旧没有任何声响。就这样无声无息地，对面房间的玻璃窗上，眼看着开出了数不胜数的梅花。

梅花的花瓣之间，也曾出现一些黑色的小洞。

除夕那天傍晚，我打算回老家。匆忙地拉上窗帘的瞬间，我发现房后那扇窗被重新贴上了一张雪白的四四方方的窗户纸。

那张雪白的四四方方的窗户纸让我异常不适。应该是疯女人的母亲干的吧。每天坚持不懈地贴梅花，又为了迎接新年按习俗换上了一张新的窗户纸。

如果明亮的透明玻璃窗被贴上一张白纸，难道你不想戳开一个洞看看外面的天空吗？而透过那个小洞看到的世界，一定是无限广阔的。把那个小洞用梅花形状的纸片耐心贴补起来的人，她的正常令我感到不适与异常。

走出郊外的车站，森林连绵不断，大地一片积雪。沿着林间小路行走，在树和树之间可以看到小小的脚印，消失在树根下。那是我第一次看到松鼠的脚印。我的朋友是留学交换生，他寄宿的房子小巧玲珑得宛如童话书里的插图一样。看上去很小的房子，一进玄关却变得豁然开朗，这让我相信这世上真的有富足生活这回事。我想当时的我一定震惊得瞪大了眼睛。

得到"请进"的邀请走进客厅时，我屏住了呼吸。客厅有一面大到离奇的玻璃窗，从天棚直落到地板，房间的整整一面全部朝外敞开着。

玻璃窗的对面有一个小小的湖，波光粼粼，波浪簇拥着积雪覆盖的岸边，雪白的地面上有几棵美丽的针叶树亭亭玉立，在朦胧的蓝色暮光中，几只白天鹅浮在水面上。有了这面大窗，房间的地板就和湖水直接相连了，我们也不在房间里，而是在美丽的暮色湖水中。

这个湖的主人，正是这个房子的主人。

我不太能理解为什么有人可以拥有如此美丽的风景。那美到令人窒息的湖水、天鹅和大树，仿佛都是某人问我："你要看看吗？"之后，拿出来展示的私藏珍宝。它们都在告诉我，这些透过窗子看到的美景与我无缘。

在那之前，我一直错误地以为从窗口向外看到的风景不属于任何人。因为我觉得我们只是挖出一个小小的窗口，分得一小块自然。而那些小小的方形的黄昏和云朵、横飞而过的燕子和红蜻蜓，都应该是和其他某个同样透过小窗向外张望的人共同拥有的。

　　大到离奇的窗子，用一整面墙那么巨大的玻璃，展示企图吞没整个风景的野心。在我看来这不仅是对风景，更是对世界的一种亵渎。

时光流逝

明明没有人见过时间，可人们却能给它起个名字叫"时间"。如果我出现在"时间"这个词刚诞生的时候，恐怕一时很难理解吧。

风也是看不见的，可就像所有小孩都知道风一样，从我们还是个孩子的时候开始，谁都知道它。

"稍等一下"的"一下"，"后天的后天"的"后天"，"很久以前"的"很久"，这些词的意思我们都明白。

第一个想到用钟表来计算那看不见的时间的人，他算得那么清楚是为了什么？虽然已无从得知，但应该是有这样的需要吧。毕竟需要是发明之母，科学正是为了提供方便才发扬光大至今的，这是天经地义的事。

如果这世上只有我一个人，恐怕没有钟表和日历也不会有任何不便。但如果有很多人，那么人越多，准确且肉眼可见的东西就变得越发不可或缺了。

而只有科学能够把看不见的东西转换成看得见的东西。

有人问："你多大了？"回答说："我可有些岁数了。"其实到底是有多少岁数，恐怕看长相就能猜个八九不离十。而且有时候最好不要搞得太清楚。对这个"有些岁数"的理解，可能因人而异，但在我看来其实怎么理解都无所谓。

时间极少以最恰如其分的状态满足我们的需求。

当我们想做点什么的时候，时间总是不够用的。可对于什么事都不想做的人来说，时间一定像一件又肥又大的衣服一样绰绰有余。

对于望眼欲穿地等待一年才有一次鹊桥相会的

织女来说，七夕那个夜晚是多么短暂的时间啊！

有的时候我们恨不得抓烂整个宇宙来阻止时间流逝。而对于那些再也不愿想起的痛苦时间，有的时候我们又恨不得把地球踢飞来让时间尽快消逝。这些时间为什么都可以用钟表进行计算呢？

因为活着和消耗时间就是同一回事，所以我们也没办法前往一个没有时间的世界。

就在这样时而膨胀、时而收缩的时间当中，我们也跟着时而膨胀、时而收缩。

我觉得自己在等待一件事情的时候，会毫不掩饰地与时间面面相觑。

对于七夕夜里的织女来说，黎明到来就要和牛郎分别的时刻，应该是一年中最痛苦的时刻吧。

那天织女一定会流下不少伤心的眼泪。一想到一年的漫长等待，简直让人悲痛欲绝。但尽管如此，那一天也终会过去，接下来的一天也同样会过去。

三百六十多天的时间，总会慢慢地逝去。可如果我是织女的话，肯定也不知道七夕前的最后一天该怎样度过为好。

一定会紧张到心要从喉咙口跳出来一般，茶饭不思。一日免了三餐，时间一下子充裕了很多。估计当天的穿戴也早在一周前就准备妥当了，那就真的没有任何事可做，唯有等待了。不管是地球也好、天体也罢，一切都好似纹丝不动，那个重要的时刻仿佛永远都不会到来了。

但是在我看来，从远远地能看到牛郎小小的身影开始，到他们彼此抓住了对方的手为止的这段时间里，对织女来说才应该是最难以忍受的痛苦时刻。

再等一会儿就好的时间，是我最无法等待的。那个只要再等一会儿就好的时间，仿佛会幻化成妖怪一样把我压垮，使我不再能够操纵和控制时间。

可是，如果人生就只有七夕夜牛郎织女相会那短暂的一夜，一瞬间就过完了一生，哪怕是活到了九十九岁也只有一瞬间的话，恐怕我也会很不满意的。

或是几度经历无法忍耐的漫长时光，或是感慨自己为什么活得如此漫长。如果没有经历过这些，恐怕我们就不会拥有长短恰到好处的时间。

牵牛花的花朵只有一个早上的时间来了解这个世界，可是对它来说这既不长也不短，它拥有了刚好完美的时间。屹立不倒几百年的大树枯朽倾倒的时候，它也不会觉得几百年太过漫长。

尽管人类拥有钟表可以计算时间，但对于不同的人来说，一秒钟并不是同样的一秒钟。

即使生活在同一个地球上，但对每个人来说，地球转动的速度都是不同的，地球的自转方式也千差万别。

无论是怎样痛苦的时间，人们总会珍惜它。也许这并不是在珍惜时间，而是在珍惜自己。

常言道：时间就是金钱，可是我并不喜欢这句话。虽然我也觉得那些惜时如金从不浪费时间的人都很了不起，但可能的话我想过可以浪费时间的生活。我既不想被时间追赶，也不想去追赶时间。

如果我的时间能像一件穿惯了的衣服一样自然而然地贴合于我，我觉得确实是一件好事。可是，当我被后悔折磨的时候，我就想把已经逝去的时间都拉回来并切除掉，或者从头好好地重来一次。

"你等我一下。"我叫一个小女孩在医院里那个开满大花马齿苋的花坛边等我，可当时还年幼的我就那样直接被妈妈拉着手带回家了。

我再也没能见到那个小女孩，在我心中，她永远蹲在那里等着我。

新年的早晨，从醒来睁开眼的瞬间开始，就是新的一年了。太阳的光芒、呼吸的空气，都变成了特别的新年限定款。一切都和昨天不一样了，这是一个全新的日子。

枕边摆放着一整套崭新的白色内衣，下面叠放着那套最漂亮的衣服。吃煮年糕的时候，我贪婪地嗅着周围的香气。

到处都充满了新年的气息，整个世界都变成了全新的。

而且我也长了一岁，全家人都长了一岁，我们长的这一岁也是全新的。我是全新的五岁，哥哥是全新的七岁。

邻居家的久惠穿着绣着金线的织花锦缎和服跑来炫耀。

她手里还拿着毽球板，板子上装饰着一个立体的人偶。那立体人偶头上戴着一个金色的长长的帽子，弯弯曲曲的手放在下巴那儿故作娇态。而且那个人偶浑身上下都是用布做的，布里面塞进了暄软的棉花。

而我的毽球板只是一块板面上印着一个童花头娃娃的平平的木板。我怀着凄惨的心情愣愣地望着自己那块毽球板，明明昨晚它还被我开心地当成了宝贝。

久惠只要稍稍动一下，浑身上下就会发出哗啦哗啦、叮叮当当的声音。

她的头上戴着一个出奇巨大的用胶水固定的蝴蝶结，每当金色的毽球板和装饰的绳结撞在上面，就会发出哗啦哗啦的声音。

她的胸前插着一个钱包，看上去像一个小小的箱子，只露出一半。那个钱包上有一个小铃铛。不仅如此，她脚上还穿了一双铺着草编鞋垫的漆木屐，那木屐孔上也系着铃铛。

我蹲下身来伸长了脖子去看她的木屐。没有什么能比那绑着红色和金色的木屐带子、铺着草编鞋垫的漆木屐更让我震惊的东西了。我们一起玩了毽球。久惠的毽球板太重了，她根本举不起来。

而且，穿着屐齿太高的漆木屐，久惠一动就只会踉踉跄跄东倒西歪。

我也很想穿上那铺着草编鞋垫的漆木屐踉踉跄跄东倒西歪。

而且，周围漂浮着新年那全新的气息。

那之后第二年的新年，我们搬了家，去了另一个城市。那里下了很多很多雪。

新年的早上，我一睁眼，枕边放着一双漆木屐。

我看着那双漆木屐，抽抽搭搭地抹起了眼泪。这双漆木屐上没有草编鞋垫。

我无论如何都想要一双漆木屐，上面绑着圆圆的鼓起来的木屐带子，带子上有金色的刺绣，还要有铺着草编的鞋垫。

父亲露出了好像很为难又好像很生气的样子。我周围依然是新年那全新的气息。

后来，我又迎接了好几个新年。已经没有白色的年糕吃了，我吃了会在碗里化开的黏米做的年糕。战争结束那年，依然迎来了一个全新的新年。我们被遣返回日本，在父亲的老家过的年。虽然我已经没有全新的衣服和全新的内衣了，但我嗅到了全新的新年的气息。

有一次过年，我醒过来，感觉有点异样。明明到了新年，但那天感觉很普通，只是昨天的延续。

　　我的枕边放着最漂亮的衣服。可是，那也只是最漂亮的衣服而已。那天有明媚的阳光，但也只是一个普通的冬日的阳光。我的周围再没有为新年特意限定的气息。为什么会变成这样，我也不知道。我曾一直坚信新年就应该有一种专属于它的，啪的一下扑面而来的沁人心肺的气息。

　　并不是因为有了新的内衣和最漂亮的衣服，有了煮年糕和门松装饰，新年才是新年。而是因为新的内衣、门松和母亲穿上和服的样子都出现在新年的气息中，所以新年才是新年的。

　　元旦的早晨，迎来了全新的新年。到了第三天，新年的气息就开始变得有点陈旧了，但还没有归于平常，还有着第三天的新鲜感。然后到了第七天左右，就变成了普通的气息，我们从第七天前后也穿上了普通的衣服，过起了普通的日子。

我在想也许是自己什么地方搞错了。也许到了中午，那个新年的感觉就会出现了。可是到了中午依然如故，那只是一个习以为常的中午。

　　我失去了一个非常重要的东西，而且不知道该去哪里寻找。那是我九岁那年的元旦。

　　之后，我再也没有找到过那种新年的气息。

　　下雪了。从三楼我的房间往下看，自去年开始下下停停的雪一直没有融化，积在楼前的院子里。马路上有两条泛着茶色的脏脏的车辙，时而有大众车开过，四周寂静无声。

　　我到柏林的第一周就迎来了新年。

　　这个国外的城市没有任何为新年而特别举办的事，这反而让我觉得不可思议。

　　我俯视着的这个城市，昨天的早晨和再之前的早晨都没有任何不同，这里都只是一个美丽的外国城市。

　　穿着黑色洋装拿着手杖的老妇人，手里提着篮子缓慢地走着。可是，早晨我一睁眼就发现了，这里充满了那个儿时曾经见证过的全新的气息。

当我在厨房吃着只有面包和红茶的寒酸的早餐时，那种新年特有的气息依然环绕着我。

如今在我身边看不到任何令人怀念的那些日本的过年习俗的踪影，这样孤身一人的我身处于陌生国度的元旦清晨，遥远的儿时岁月和我一度失去的全新的气息都从沉睡中醒来了。

已经二十年未曾想起的久惠的那双铺着草编鞋垫的漆木屐，也鲜明地出现在回忆里。

在新年只是日期的更替的国外，明明没有任何迹象可循，但我那个儿时的新年气息却完全复苏了，这是怎么回事呢？

升入初中的时候，我纠缠着爷爷，央求他给我买了块手表。

那时，我收到一个小小的包裹，里面装着一块发着光的手表，但表上仿佛蒙着一层雾。粉色塑料表带的颜色也是一种淡淡的不太鲜亮的颜色。那表并没有破损，也不旧，但就是好像蒙着一层雾。

而且，这表一到十二点整就会停。

就好像它从一开始就不打算好好工作一样，实际上这块表经常停，我一天二十四小时都需要把手腕举到耳边不停摇晃。

我之所以想要一块表，并不是因为我想知道时间。而只是因为我想拥有这个叫做表的机械。我的生活其实也不需要争分夺秒。

我本人和我的表一样有点马虎，但也没有造成任何麻烦。

虽然没什么麻烦，但我对自己的表不能够准确地工作而感到不满。

"爷爷给我的表总停。"

我跟小姨这么一说，她好像揭露了天大的秘密一样对我说：

"那表是你爷爷在当铺买的。"

那时我还不知道什么是当铺。

上了大学之后，我买了一块最便宜的表。最便宜的表是男式的。虽然是便宜货，但它的时间很准确。

当时我是一个一贫如洗的穷学生，每到月末就会跟朋友借钱。日积月累之后我有点喘不上气来，于是想把手表送去当铺。虽然有这个想法，但我觉得走进当铺是一件性质恶劣、令人耻辱的事。

我在当铺前徘徊往复，最终一头冲了进去。

当铺押下了三千日元的手表，给了我一千日元，我认为这极不合理。既然是三千日元的表就应该借给我三千日元才是。

然后过了一周左右，我拿着一千日元换回了我的表。

这样反复了几次。我觉得我的表每次从当铺回来，都好像变得不如之前透亮了，好像蒙上了一层雾。而且，本来很准确的表，也变得不太准确了。

我怀疑当铺是不是对我的表动了什么手脚。在往返当铺的那段时间里，我一直觉得当铺老板一定是老奸巨猾、爱财如命、阴险狡诈的。

而祖父送给我的表，也应该在当铺遭遇到了什么。

在那之后过了好多年，我突然发现当铺岂不是没收我利息？而且，一个三千日元的旧手表能借给我一千日元，是不是借得太多了？

顿时，我浑身上下都觉得羞愧难当。

那块手表被放在当铺里的时候，它一定为自己的主人感到丢脸吧。也会觉得自己已经不再能够自诩光鲜亮丽了，始终抱有一种羞愧之心。这么说，爷爷给我的那块表，也一定曾经躲在当铺的某个阴暗角落里，一秒一秒地记录着羞愧的时间直到心力交瘁。

而让我最羞愧难当的，并不是我曾有一段时间坚持认为当铺里那位瘦瘦的戴着眼镜的老板鬼鬼祟祟，而是我把这件事完全忘到九霄云外的那段岁月。和钟表精准地记录下来的时间迥然不同，那是一段空白的岁月。

现在，那段曾经空白的岁月里，密密麻麻地塞满了我的羞愧。

　　我要在那些被我忘却的空白的岁月里，满满当当地填满各种各样的羞愧，并继续活下去。

　　我和钟表八字不合。

　　我家里有一个挂钟，就从来没准过。每次我看它，都要附带一套让人心烦意乱的加减法。

　　上初中时我第一次得到的表，是在当铺买的。它总是在十二点的地方停住，哪怕重新开始转动，等你回头再看它时就又停在十二点那里了。

　　我出国的时候，得到了朋友母亲的手表。那块表也好像晕船一样，走起来慢条斯理的。

　　作为来自墨西哥的礼物，我得到过一块表盘有一圈华丽金环的紫色大表。那表的表盘是深紫色的大理石做的，非常漂亮。但它只有一根短针。

　　对于我这样一个粗枝大叶的人来说，如此草率地显示时间的手表其实深得我心，我戴了它好一阵子。有它陪伴的那段日子里，围绕着我的时间都变得豁达慷慨了。就仿佛无需理解一个小时和两个小时到底有什么不同一样，它让我的一天二十四小时变成了大概是早晨、也许是中午、差不多是傍晚和之后都是夜晚。

对此，我没觉得有任何不便。

有一次，我和送这块表给我的朋友聊到墨西哥，我说这个国家卖这样的表还真是与众不同，也许我在墨西哥会生活得很幸福。结果朋友一脸匪夷所思的表情，伸过头来看我的表。

"哎呀，长针掉到这儿了。原来这表一开始就坏了。"她说道。

这块从一开始就坏掉的只有一根针的手表，是我的最爱。

还有一次，我出门约会。

结果手表坏了，我又不想迟到，于是就把闹钟装进提篮出了门。后来我坐在了一个石头长椅上。

明晃晃的太阳摇曳着法国梧桐,我坐在一个小广场的喷水池前,时间仿佛静止了。

突然,提篮里的闹钟响了起来。我把大闹钟从提篮里拿出来,按下那个忘了按的按键。

从那个时刻开始,也不知从哪里传来了嘀嗒嘀嗒的声音,时间开始数秒。

原本在我身边流淌的宽松而幸福的时间,被分割成嘀嗒嘀嗒的每一秒。哪怕只是啃一口带来的李子,也会嘀嗒嘀嗒地让人心慌、疲惫。"等我们有钱了……"嘀嗒嘀嗒,"我就买一辆红色的小车……"嘀嗒嘀嗒,"到时候带着你去看海……"嘀嗒嘀嗒。

提篮中那个用围巾包了好几层的闹钟的声音,其实根本听不到。但自从它闹了一次铃强调了一下自己的存在之后,时间就嘀嗒嘀嗒地开始统管整个世界。

我被驱赶着,在那个烈日高照的广场告别了男友。

这样一个小小的机械应该支配悠久的时间吗？

而且还发出嘀嗒嘀嗒刻薄的声音。

我现在没有钟表。

人终归要吃东西

我们曾经每天都要吃高粱米粥。高粱米一洗，水就变得通红。哪怕洗到不再出红水了，高粱米还是有一股高粱米独有的怪味。

或者，我们曾用黄色的小米做饭吃。小米用水一洗，那些没有芯儿的空壳就会轻飘飘地浮起来流走，只留下沉在水底的小米，还不足原来的一半。再或者，我也吃过麦麸做的团子。那时候我不知道什么是麦麸，所以直到很久以后都以为麦麸是用贴拉门的纸①磨成的粉。

有一天，不知道是出于破罐子破摔的心理，还是因为那天是个什么特殊的日子，父母买回来像小山一样多的荻饼。那个年代人们用一种叫做糖精的类似止痛药的白色药片代替砂糖，看到用真正的砂糖和不是小米而是真正的糯米制作出来的萩饼，这简直是难以置信的奇迹。

我吃到再也吃不下一口的时候，萩饼还没有全部吃完。

我肚子鼓鼓地去了厕所。

从厕所出来，我一边洗手一边深切地感到了满足。而且，我想我已经吃不下萩饼了。我一边用毛巾擦手一边想："这是多么幸福啊！刚刚洗手的这个时刻真的很幸福。我一定要永远记得这种幸福。"

我一只脚踏进带地板的房间时，我认真地看了看我那只脚，又仔细地看了看我洗过的手。我第一次如此鲜明地感受到"幸福"，就是在我七岁那年，萩饼吃到饱的那个时刻。

在百货公司的食品柜台，我看见朋友的妻子买

———————————
① 日语中"麦麸"和"拉门"的发音一样。

了两条刺鲳鱼，我觉得自己好像看到了不该看到的画面。

在餐厅，我正要把意大利面送进嘴里的瞬间，却和穿着白色连衣裙、正好从门口走进来的熟人四目相对，我感到异常尴尬。

在小姨家借宿的那段时间里，有一次我问同学："你中午吃什么啊?"

"真讨厌，光想着吃。"

被对方这样一说，我羞愧得浑身发抖。

那是我上高中之后的第一个午休。在女校里，大家还不知道彼此的名字，全新的蓝色水手服校服背影井然有序地排列着。

大家各自拿出便当摆放在书桌上，教室里一片安静，谁都没有动。

教室里连咳嗽的声音都没有，空气仿佛凝固了。

整个教室里弥漫着一种气息，仿佛在说，吃便当是一个很丢脸、很粗俗的行为。

我们找不到正常地开始吃便当的契机。

过了很长时间。

"我吃了!"

我扯着脖子喊了一声。这需要惊人的勇气。

教室里的紧张空气一瞬间瓦解了。甚至传来了嘻嘻偷笑的声音,那是她们正在明目张胆地谴责我的粗俗,同时也是被这粗俗解救后发出的笑声。她们正在称赞我的勇气,同时也是决定永久地贬低我而发出的笑声。

我很生气。我觉得那种认为吃便当很丢人的想法十分愚蠢。我也觉得那种别人吃了我才吃的想法很卑鄙。

尽管如此,身处陌生人群而感到紧张的女学生,错失了自然而然开始吃饭的契机,于是认为吃东西是丢脸的这种想法,某种程度是可以理解的。

我朋友的男朋友和别人结婚了。她半夜跑到我

家，裹着毛巾被大哭。我对她的男朋友非常生气，也责怪她不该继续纠结这段没有结果的爱情。可是，一切都已经于事无补。我去拉开缠在她身上的毛巾被，因为实在是无能为力，所以在拉扯毛巾被的过程中我也哭了。结果她一边哭，一边说道：

"我饿了，你家有吃的吗？"

第二天早上我鼓励她说："世上的男人又不止那一个。这世上一半人都是男人。我们出门转转，换一下心情吧！"结果她坐在公共汽车上又扑簌簌掉下眼泪，擤着鼻子说："我还想再见他一面。"没过多久又说："还是算了吧。"自己动摇了。她在马路正中间蹲下来，用隐忍的低沉声音哭了起来，走过的人无不侧目。结果她一边站起身来一边说：

"我饿了，想吃烤肉。"

在烤肉店里，她把挂在脖子上的纸围裙紧紧地扣在脸上抽泣。

在烤炉的缕缕青烟对面，两人份的肉，几乎被她一个人干掉了，然后又追加了两人份。她把我吃不下的米饭也吃了，又以迅雷不及掩耳之势清光了新上来的肉。

刚出烤肉店她又说：

"我想吃蛋糕。"

这不是填饱肚子的吃法。她一定是被某种丧心病狂的力量控制了，正在往一个不属于她的、不是胃的某个器官里，用铁锹埋头苦干地进行着填埋的工作。

这疯狂肆虐的食欲，正是她悲伤的深度。

在汉堡机场候机的时候，我和坐在旁边椅子上的人闲谈起来。

那个人和我聊了德国的食品。他是一个略显初老的日本人，不知道从事什么行业，却周游很多国家，而且每每言及的都是当地的食物。

后来我们聊到鱼。我说起了小时候吃过的秋刀鱼饭。

"秋刀鱼饭怎么做啊?"

他问道。

"把整条秋刀鱼放进煮饭的锅里，再把青蒜叶子随便切碎，加上酱油和饭一起煮饭。饭好了夹住秋刀鱼的头拎起来，整条鱼骨就干净地剔出来了。鱼的内脏也搅拌在一起吃。"

我回答说。

"嗯，听起来很好吃啊。我呢，很喜欢吃味噌青花鱼，和萝卜一起炖的那种。挑小一点的鱼切成大块，和萝卜一起用味噌炖上。要小火慢炖，我喜欢带点甜味的。"

被他说得我都想吃味噌青花鱼了。那炖到茶色透明的萝卜已经跃然眼前，我嘴里满是口水。

那个人的飞机先来了。

"哎呀，你说的秋刀鱼饭，真馋人啊!"

他一边念叨着一边消失了。我既不知道他的名字，也忘了问他要去哪里。

我坐在长椅上，心想等回到日本我就要做味噌青花鱼。

　　之后过了好多年，我还会时不时想念味噌青花鱼。每当那个时候，"哎呀，你说的秋刀鱼饭，真馋人啊！"说这话的人的脸就会浮现在我眼前。在机场，我和一个完全陌生的人之间摆着味噌青花鱼和秋刀鱼饭。虽然只是短暂的接触，甚至连长相都想不起了，可是我和他之间却拥有一段让我时常感到欣慰的时间。

　　在返乡船里吃到的第一顿饭，是用青花鱼和萝卜做的汤饭。汤饭被装在一个巨大的桶里面，然后用长勺舀到每户人家端来的锅里面。

　　那个汤饭里真的有米这件事让我们感激不尽。黏稠的汤饭甘甜美味。对于一直吃干巴巴的高粱米粥和玉米面窝头的我们来说，大米黏稠的口感给我们带来了发自内心的满足和对即将返回日本的憧憬。我们期待着下一顿饭，把铝制的饭碗舔得一干二净，都不用洗了。

那时的我，除了吃饭就没有任何期待了。

货船的船底，密密麻麻塞满了货物。而在货物之间的缝隙中，人们依靠着货物坐在地上。靠着货物的人都在睡觉，他们白天也要保持同样的姿势，几乎一动都不能动。

我身旁是一位年纪很大的老阿婆。她把身躯蜷成小小的一团蹲坐在那里。因为已经年迈到几乎无法行走，所以每次要去位于甲板的厕所时，都是她的儿子把她背过去的。她保持着蜷缩的姿势一直在嘟嘟囔囔地说着什么，而且说的都是同一句话。

"好想吃寿司啊，好想吃寿司啊。"

"等回到日本再说。"

她的儿媳妇说道。

"好想吃寿司啊。"

"马上就到了。"

尽管如此劝说，老阿婆还是不厌其烦地念叨着："好想吃寿司啊。"

我心里想，明明已经有那么好吃的萝卜和青花鱼做的汤饭了，这阿婆也太奢侈、太任性了。

　　一天早上我醒来，身旁横放着一个用灰色毛毯裹起来的东西。毛毯的两端用绳子绑住了。原来那是头一天晚上我睡着以后死去的老阿婆。大概有两天，被毛毯裹着的老阿婆一直放在我的身边。海上的情况不太好，船一时无法抵达日本。老阿婆的儿子就把她扛在肩上，爬到甲板上去了。

　　正在爬梯子的儿子，仿佛扛着一个巨大的海苔卷寿司。他把老阿婆丢进了大海。

　　只要想吃就马上能吃到寿司的今天，我一边吃着寿司，一边想起那个被儿子从滑溜溜冻着冰的甲板丢进黑洞洞的大海的老阿婆，一种罪恶感油然而生。

遥不可及的男友们

我第一个想要嫁的人是光伸哥哥。那时的我除了亲哥以外，不认识其他男生。

光伸哥哥是父亲朋友的小孩，他跟我哥同岁，他们小时候上了同一所幼儿园。

光伸哥哥是个独生子，皮肤雪白、长相俊美。我曾经一度以为独生子都是抱养的孩子，所以总觉得光伸哥哥有一种忧郁而高雅的气质。

到了上小学的年纪，我觉得母亲和光伸哥哥的母亲好像一直在相互攀比。

光伸哥哥不愿弄脏衣服，从来不玩士兵游戏。看着他总是一尘不染的样子，我想成为他的新娘。可是他却对我压根没有想法，这一点我是知道的。

我心想，如果自己能再可爱一点就好了。

战争结束了，我们都被遣返回了日本。打那之后，我就再也没见过光伸哥哥。

回到日本后的第二年，哥哥去世了，住在桑名的光伸哥哥给我父母寄来一封一看就是高材生写的吊唁信。

那是和他最后的联系。

听说后来他去了东京大学，但那也只是毫无根据的传言。听到这个消息的时候，我为已经去世的哥哥松了一口气。心想如果他还活着，恐怕也考不上东京大学吧。

后来，父亲去世了，我并没有收到任何来自光伸哥哥的消息。

我在柏林时，寄宿在一个朋友租住的房子里。我和那个朋友认识没有多久。

有一天夜里，我们在床上一边打牌一边聊起了自己的初恋。她跟我说起了高中时代的恋人。

"大家都管我们叫白熊和黑熊。我可是黑熊哟。

我和他总是第一名和第二名。可是呢，我讨厌他母亲。虽然他后来考上了东大。"

我觉得她口中的他好像是光伸哥哥。

"你家是哪儿的?"

"桑名。"

"那个人，是光伸吧。"

没有比这更让人震惊的了。我和光伸哥哥最后一次见面之后，已经过去二十五年了。

好像白熊一样的光伸，已经是一个我不认识的人了。我认识的光伸哥哥，是那个我去他家过夜时睡在同一个被窝里把我踢出去，我又踢回去的那个小男孩。

光伸哥哥作为我不认识的人活了二十五年。

那个朋友和光伸哥哥也已经变得疏远了。

"哈哈，我们两个去见他，他一定会很吃惊吧。"

其实我们两个人都没有真的想去见他。

那之后又过了几年，我在报纸上看到了光伸哥哥的名字。报道中介绍他放弃了飞黄腾达的道路，带着全家人一起住进了一个传承东北传统艺术的剧团里。

只有短短五六行字的报道，我却目不转睛地看了很久。距我最后一次见到光伸哥哥，已经过去三十年了。

有一打铅笔却一根都不给我的光伸哥哥，现在生活在自己的一切都要作为共有财产的共同体里。这是经历了三十年岁月的人的重量，也是这三十年岁月本身的重量。

这五六行字的新闻报道，是如风而至的关于光伸哥哥的消息。

柏林朋友聊起的那些事，也是如风而至的关于光伸哥哥的消息。

我感觉好像每过几年，我就会收到这样如风而至的关于光伸哥哥的消息。

母亲让我把房后那片地的草拔了。天气太热，又想出去玩，所以我就拿了一把铁锹，把那块地翻了一遍，把草全都扣到土下面去了。如果一根一根拔那些草估计需要四五个小时，我只用了三十分钟，这块地就看不到一根草了。妈妈去地里巡视了一圈，把我拽回来把那些土块又一块一块地翻回来，那片绿油油的草又出现了。

母亲把我摔在房间的地板上，狠狠地踢了我。我一边在地上翻滚，一边心里想我这母亲搞不好是后妈，如果她是后妈的话，我就是那个可怜兮兮受尽折磨的孩子了。只见母亲双手叉腰站在我面前，好像撒了气心情不错的样子说道：

"还想骗我，没门！"

那张脸，和我很像。

哥哥去钓鱼，天快黑了还没回来。母亲就在富士川的河滩上一边蹒跚前行，一边用已经嘶哑的声音高声呼喊着哥哥的名字。夕阳中终于在远处看到了哥哥扛着鱼竿那小小的身影，母亲呼地长出一口气停下了脚步。而一直在担心如果哥哥在河里淹死了可怎么办的我，刚刚放下心又立刻想到，母亲只担心哥哥，搞不好她真的是我的后妈。可是，我是不会去钓鱼的。

有一天，母亲欢天喜地地对父亲说：

"可真是没礼貌啊！我今天去取山羊奶，结果那边的大姐跟我说，你这么年轻可真可怜啊，嫁到有那么大孩子的家里当小妈。她说她以为我今年只有二十五岁。我说那是我亲生的孩子，把她吓了一跳呢。"

对于母亲看上去很年轻这件事，父亲也十分受用地露出笑嘻嘻的表情。事实上，母亲的确看上去非常年轻，而且那时候我一直觉得母亲是个大美人。母亲为别人错把她当成后妈感到如此开心，看来无论如何她都不可能是真的后妈了。

另外，我们家附近有一个真正的后妈。那户人家也有五个孩子，是从什么地方搬到这里来的。据说上面三个男孩是家里的父亲带来的。那家的后妈是个很文静的人，总给人一种寂寞的感觉。我从来没见她大声训斥或严厉惩罚过她家的孩子，但我想她毕竟是后妈，她一定在我看不见的地方干着一些后妈才会干的事。

我到她家去玩时发现，虽然家里有四个男孩子却并不吵闹。所有孩子都个子不高，但确实上面三个男孩儿是一样的三角形脸，而下面两个孩子是圆脸。

那时正明哥哥已经是初中生了，但因为个子小看不出他比我大，所以我经常和他一起玩。有一次，正明哥哥一边看着一本很破旧的、书页已经卷边了的书，一边在烧洗澡水。我坐在他身边把要塞进炉灶口的杉树枝递给他。正明哥哥压低声音偷偷地告诉我，那本书里讲的是国外的一个湖里有一群骷髅，会抓住路过湖边的人，并把他们都拉到湖里去，然后被拉进湖里的人也变成了骷髅。"假的吧!"我很震惊。而我说"假的吧"的时候，往往都是心里在说"真的吗"并信以为真的时候。

这时正明哥哥突然唰地一下把书藏到了屁股下，好像什么都没发生的样子，把两只手蜷缩起来放在腿上。原来是他后妈到地里摘茄子来了。我想，也许因为不是亲生的孩子，所以需要把书藏起来。如果正明哥哥被发现了，可能会挨揍吧。

一个夏天的傍晚，正明哥哥来我家玩。我不知道为什么当时没穿短裤。我向他展示了我那个用粉色玻璃珠做成的项链。那颗珠子的粉色虽然极其浓烈，却闪耀着珍珠般的光芒，那是我拥有的唯一的宝石。

这是假的。我妈有真的珍珠，我给你看。正明哥哥说道。我很想去看，就背起妹妹。因为太想马上看到，所以没穿短裤就跟在正明哥哥身后出门了。背上的妹妹往下滑，我就要往上挪她，结果只穿了一条吊带裙的我，整个屁股都露了出来。

"我没穿短裤。"

"没关系的，你用不着打扮。"

我觉得正明哥哥好体贴。他则一边走一边对我说，他妈妈还有各种各样好多珠宝，看上去他并不是在炫耀那些珠宝，而是在炫耀自己的妈妈。

"洋子说她想看看珍珠。"

正明哥哥用讨好的语气和他妈妈说道。他妈从衣柜里拿出一个小盒子，给我看了她的戒指。

"这可是真的哟!"

正明哥哥很开心地说。真正的珍珠散发着一种朦胧的光泽，我觉得它远没有我脖子上挂着的那个闪闪发光的假货好看。可是我太担心自己那没穿短裤的屁股，一直用一只手按着裙子惴惴不安。

"妈，你不是还有别的戒指吗?"

正明妈妈又拿来了其他戒指。

"我有的也很少。"

她说着拿出了一只镶嵌了茶色宝石的戒指。可是我并不觉得茶色的宝石好看。

"可是，和其他人比起来，妈妈还是有很多戒指的。"

正明哥哥很卖力地说着。

"全都卖了。"

"好的都卖掉了呢。"

正明哥哥伸手去摸那戒指，他后妈不动声色地拨开了他的手。正明哥哥马上抬头看了一眼他妈的眼睛，又看了看我。如果是母亲一定会说"不许碰"并啪的一声把我的手打开。我看着手被静静拨开的正明哥哥，心头一惊。

在整个欣赏戒指的过程中，让我感到心神不定的恐怕不只是因为没穿短裤的紧张感吧。

我上小学时转了四次学。因为我对小孩应该读书这件事没有任何怀疑，所以我接受了所有变动，自己也制造了一些状况。

小学五年级的第二学期，我从我们被遣送回日本后的落脚点——父亲的老家，转学去了一所位于静冈的小学。

刚到新学校的第一天就有一场听写考试。考试之后班长要用红铅笔进行批改，所以收走了我的考卷。班长是岩崎君，他直勾勾地盯着我写的答案看了半天，然后全部画上了对号，并狠狠地瞪了我一眼。我得了满分，岩崎君也得了满分。

中午刚吃完便当，岩崎君就对我说：

"佐野，你跟我来一下。"

剃了寸头皮肤黝黑的岩崎君，穿着一条松松垮垮的裤子。

岩崎君把我带到了学校后面的河堤上，并把我按在一棵高大的松树的树干上。只见他双脚叉开，用力地在我脸上扇了一记耳光。

然后，我跟在岩崎君身后走下河堤，两个人并排在学校的鞋箱前换了鞋回到了教室。从走出教室到走回来，我们两个人都始终一言未发。我差点哭出来，但我坚持不眨眼，让眼泪风干了。

也许是因为被打得很疼我才差点掉下眼泪的，但那也不是忍不了的疼。也许那是委屈的眼泪或屈辱的眼泪，我也想不明白。我好像在怨恨岩崎君，又好像没有。好像在鄙视他是个卑鄙的人，又好像并没有。

我认为这件事是避免不了的，是命中注定的。岩崎君也只是完成了一件在所难免的事，我不由得这样想。

　　我回到教室，一动不动地坐着。

　　阿浩看着我的脸，不怀好意地笑了。阿浩是我同桌，我们两家离得很近，所以我家搬到这里来之后，整个暑假我们都在一起玩。他是我在班里唯一认识的人。

　　同班的阿浩知道岩崎君打了我。而我对他那个仿佛在说我活该的笑容好像很生气，又好像没生气。我觉得阿浩这样坏坏地笑着看着我也似乎是无法避免、理所当然的。仿佛他的坏笑也注定是仪式的一部分。我想这件事可能只有我、岩崎君和阿浩知道。

　　我想从我和岩崎君走出教室到我们回来，恐怕只有阿浩一个人在为整件事的发展忧心忡忡。班里其他的男生和女生要么在喧哗吵闹，要么跑出了教室，只有阿浩一个人坐在自己的座位上，等候着我

们从门口走进来。

我想也许岩崎君是以一副"我做到喽"的威风凛凛的样子走进教室的，而我则是"我被打了，你们满意了?"的不甘示弱的样子走进教室的。最后阿浩也完成了他负责坏笑的任务。

第二天，我并没有产生不想上学的想法。

那天岩崎君则对我很友善。我也理解他为什么对我友善，但我把这份理解一把抓住塞到屁股底下，甚至可能做出了因胜利而沾沾自喜的表情。

我知道我已经站稳了脚跟，我已经不再是转校生了。我已经彻底适应这所学校了。

打那之后又过了多长时间我已经不记得了。可能是一周，也可能是三个月以后，有一天的午休，岩崎君大声说道：

"佐野挨打也不会哭，你们试试啊!"

男生们都朝我聚过来。

"试就试!"

我被男生们包围着按在教室后面的护墙板上。

他们轮流来到我面前，扇了我耳光。到底有多少人打了我，我已经记不得了。

"真的呢，她不哭的。"

我用力甩了甩头回到自己的位子上。眼泪眼看就要流出来了。那是什么眼泪呢？这次是委屈的眼泪。不，比这更多的是屈辱的眼泪。在这么多人面前被打真的很屈辱。是我做错了吗？尽管什么都没做错，还是在很多人面前被打，这真的很屈辱。

上次在学校后面的河堤上，被岩崎君按在松树上打的时候，我并没觉得这么屈辱。

可是这次我也没有哭。

他们轮番来看没有哭的我，这也是一件让我感到屈辱的事。"不哭的我"成了一个被围观的怪胎。我咬紧了牙根，用力甩甩头正面相对。虽然我也觉得不合理，但即使是那一刻，我还是没有憎恨岩崎君，不认为他很卑鄙。那些说着"试就试"扇了我耳光的男生们，我也没有鄙视他们。

如果你是一个即使被打也不会哭的女生，那么打你又有什么不可以呢？他们一定是这么想的。因为不哭，所以也就不值得可怜，也就不是在欺负弱者。

即使到了今天，我也不觉得自己很可怜，也不觉得自己被人欺负了。因为被打也不会哭的女生，打了也没关系。

岩崎君为什么要怂恿大家打我呢？我好像也能够理解。那次我被他按在松树上扇了耳光的时候，我应该哭出来的。

对岩崎君来说，打了没哭的我是一个无法收拾的残局。而且，他打了我这个事实又无法抹杀。他只能通过制造更多的共犯，来减轻打了我的负担。如果我哭了，那么我的眼泪就是对岩崎君的责难。遭受到谴责的他，也会觉得这件事已经尘埃落定于它该归结的地方。

对于岩崎君，我从未觉得他是个讨厌鬼。十一岁的他就是一个完完整整的十一岁男生。他浑身充满了十一岁男生应有的英雄气概和浓郁的十一岁男生的人格魅力。他已经足够友善。

我之所以这么说，是因为我感觉到那一次挨打后，他对于我这个挨了打却没哭的女孩变得十分尊重。

上学开心吗？

开心。

第一次见到土屋时，我惊为天人。那时我们刚上初中。他是一个爽朗的英俊少年，才华横溢又擅长体育。在我们这群从四面八方各种小学集中到一起的孩子堆里，他显得那么卓尔不群。我好想凑近如此优秀的他的身边，哪怕只待一小会儿或只说一句话也好。我就是出于一个新晋初中生的幼稚想法和对异性那种单纯稚嫩的向往，远远地欣赏着土屋。

上语文课的时候，我们写了一篇题为"我的朋友"的作文。和土屋来自同一所小学的美少女的作文题目是"土屋君"，老师让她站在班级里进行了朗读。作文中写了土屋学习成绩有多好、是一个多么优秀的棒球投手等，最后一句是："我最重要的朋友就是土屋君"。等我回过神来，教室里已经乱作一团。男生们高声地吹着口哨，女生们交头接耳说着"好了不起啊"。我当时好羡慕这位美少女。

土屋满脸通红地低着头，美少女也哭了起来。下课时，老师把他们两个叫去了办公室。我紧张得心怦怦跳。他们俩会被老师批评吗？不过，也可能老师只是为了安慰他们。我觉得那些吹口哨起哄的男生好讨厌。土屋回来的时候，教室里一下子静了下来。重返教室的他仿佛变了一个人，他一把抓起书包，狠狠地把门摔出巨大的一声冲了出去。

之前时不时会和美少女一起放学回家的土屋，从此再也没和女生说过话。他突然开始长个子，就好像肩膀里被安装了牢固的木材一样。他那锐利的目光穿过前额发丝的间隙，仇视着世间的一切。

后来的土屋把室内胶鞋的鞋帮踩在脚下踢踢踏踏地走路，从前一直从肩膀斜挎的书包变成夹在腋下，每天满脸不痛快地吃着巨大到不可理喻的便当。他简直就是不痛快的聚合体。唯一不变的是他依然保持着惊人的好成绩。上课时他不耐烦地用双肘拄着课桌举手，被老师点到了就漫不经心却又十分正确地回答。没事他就泡在图书馆里，总是抱着田山花袋等人的书。就这样过了两年。几乎不和任何人说话的土屋身旁，总有一个脸色苍白耷拉着眼的男生和他形影不离。那个男生看上去是那种学习非常用功的文学少年。

他们俩明显是那种学习上的竞争对手，或许他们之间还存在更亲密的友谊。土屋对着他会露出极为罕见的笑容。看到土屋笑了，我似乎感到安心，又似乎感到一种遭受背叛的寂寞。

初中三年级的时候，我决定开始迷恋那个脸色苍白的、连卷身翻上单杠都不会的文学少年。

虽说是迷恋，其实只是我一个人不断升温的独角戏。偶尔在教室门口相遇，就是让我激动到心脏要跳出胸膛的大事件。我会在图书馆大海捞针地寻找写着那个男生名字的借阅卡，然后专门借这些书，这也是我天大的秘密。

我会时不时偷瞄一眼那个脸色苍白耷拉眼的男生。于是，就会看到他旁边的土屋露出恶狠狠的仇视一切的眼神。没有什么比那眼神更可怕了。土屋并不是专门在瞪我，恐怕那个眼神才是他的常态。哪怕是看黑板的时候，他也是那副恶狠狠的眼神。我想也许那份恶狠狠中隐藏着什么我们无法窥知的苦恼吧。而那份苦恼一定是高尚而深邃的，也是不可触碰的。

每当我偷看那个脸色苍白无精打采得好像大福点心一样的男生时，总会遭遇恶狠狠的瞪视，这让我备受打击。我感觉那个眼神中包含着这世间所有意义的拒绝。他的眼神仿佛在说，你这种人看我们一眼都是卑鄙无耻的。丑八怪、轻浮女，连你的存在都不可原谅。旋即，我对自己的存在本身产生了厌恶，非常清晰地感受到自己的丑陋和粗俗。

"不，不，不是的。我何德何能，对您绝对不敢有任何非分之想。我没有那么贪得无厌。请您一定要明白这一点。我看的是这边这位，您看，这边这位面色苍白，无精打采的大福点心的这位……"我不由得口不择言地在心中大声呐喊。哪怕是无精打采的大福点心的那位，人家也是跟我身份不同的学霸，我的心思也不可能实现。

我常常在想，那个美少女现在也应该还爱着土屋，而土屋也应该还在爱着那个美少女。

我和土屋自不用说，就连无精打采的大福点心也还没说上话就毕业了。

长大成人之后，我就不再害怕男人了。和后背绣满龙幡宝剑纹身的小哥也说过话，和大学里的学者老师也敢开玩笑。可是，偶尔在电车里遇到穿着校服的初中生，时至今日我还会紧张到发抖。总觉得也许土屋还在那里，在那里恶狠狠地瞪着我，并带着那份不明原因的不痛快从我面前走过。关键是，土屋确确实实还在那里。

在我心中，土屋是那个满足了我对完美男性所有想象的人。

所谓原因不明的不痛快，可能是我对男性所抱有的憧憬，同时也是恐惧。所以，我才把自己的心思都转移到那个脸色苍白无精打采的大福点心身上的。土屋是一种象征，他并不是实体的存在。

"海枯高山起，悠悠岁月任流逝，唯君永为君。——西行"无精打采的大福点心在我的毕业纪念册上写下了文学少年气质十足的留言。

我一直很穷，大学时代尤其穷。我上大学那年元旦，父亲去世了。我是家里四个孩子中最大的女孩，能上大学已经很奢侈了。一想到从来没在外面工作过的妈妈要抱着年幼的弟弟和妹妹出去工作，自己却可以到东京去读大学，就觉得良心受到谴责，哪怕家里给我的生活费比别人都少，我也绝不能说钱不够花。母亲也从未要求我退学去工作赚钱。不知道这是出于她身为寡妇的那种毫无意义的好强，还是她把父亲像口头禅一样反复念叨的"你长得丑，估计也嫁不出去，不如学个能养活自己的真本事"当成了父亲的遗愿。

　　冬天我不穿袜子直接穿鞋。结果去朋友家玩的时候，朋友妈妈把作为岁末礼品收到的男式袜子送给了我。这让我颇感为难。因为我之所以不穿袜子，当然也有节约这方面的原因，但更主要是因为对相貌没有自信的我，唯一觉得骄傲的就是自己那纤细的脚踝了，所以我觉得这样露出来非常潇洒。我之所以一年到头都只穿一条牛仔面料的三角形半裙，没有其他的裙子也似乎是原因之一，但更重要的是我觉得即使冬天也穿牛仔是一件很帅的事。

　　我已经穷到这般田地，却依然保持着惊人的活力。我没有男朋友这种时髦的东西，但在我身边，那种不拘小节的、时而值得尊敬时而不值得尊敬的男性友人倒是比比皆是。而且他们中有人还会偶尔安慰一下我这个不太会让人感受到异性魅力的人，说什么"次郎长①，你再等一等。虽然现在完全不行，但等你到了二十七岁，一定会变成一个好女人的。到那个时候，你就不能再穿便宜货了，一定是那种做工精良的好衣服才配得上你。你就忍到二十七岁吧"。

可为什么是二十七岁，他们自己也完全不知道。

尽管这么说，我还是没能等到二十七岁，就爱上了这群人中的一个。

当时我在女生中个子最高，而他在男生中个子最矮。对于老师布置的绘画作业，他无论什么时候都能很好地完成。而我就算开始画了，也总是连续失败四五张，最后要么赶不上截止时间，要么赶上了也会这里画出去了、那里油彩脱落了等状况不断。我的画总会因为是全班画得最脏的或最粗糙的而被一眼认出，而他的画却是因为他那完美的技艺

---

① 指日本大侠客清水次郎长，此处用其名字作为外号，对主人公进行讽刺。清水次郎长与作者同样来自静冈县。

手法而与众不同。

如果说我是最精力充沛的女生的话，那他就是最儒雅文静的男生。

他是一个江户子①，会把中午说成冲午。而我也是一嘴静冈方言，动不动就说：

"你整错了吧！"

尽管我精力充沛，但这样的话和这种举止我到死也没办法对他做出来。整整两年我都深陷在迷恋当中，但又一直犹豫不决，绝没有把这份感情表现出来过。有一次我们一起拿着一个全张纸尺寸的油画板走路，突然吹来一阵风。

"G君，你和这画板一起飞走吧。"

我说了这样难听的话。

"次郎长你来拿吧。"

被他这样开玩笑一说，我就生气了。如果一定要说我们之间有什么共通点的话，那可能就是我们

_____

① 在江户的东京出生并长大的人。

两个都很穷这件事。我是单亲家庭，而他没爹没妈，全部要靠打工赚钱来读书。

四年级的时候，即将毕业的学长把自己的打工机会让给了最穷的我和G君。那项工作需要每周去三次，地点就在浅草桥一家打火机店二楼的一间榻榻米房间里。比起经济上带来的稳定，让我更开心的是每周有三次可以和G君单独相处的机会，于是到底做什么工作、自己能不能做等都完全没问清楚就稀里糊涂地答应了。

需要在打火机店二楼那两张并排摆在一起的桌子上完成的工作，基本上都是制作一种植入到打火机上的只有一毫米大小的文字的凸版底稿。就别说一毫米了，哪怕是十厘米见方的字我也做不出来。于是G君说：

"行了，我来做吧，反正楼下的人也不知道是谁做的。"

然后他就鬼斧神工地写出了那些小字。我想那我至少可以削个铅笔吧，可是等我拼尽全力削好之后，G君又默默地把每一支都重新削了一遍，沉重地打击了我。而且他还说"你可以什么都不做"，并在没有工作的时候，从大清早开始把他看过的电影《用心棒》花了整整两天跟我讲了一遍。因为我听得很用心，所以即使我根本没看过这部电影，到现在眼前都能浮现出影片一开始那尘土飞扬的景象和狗跑远了的画面。

尽管两个人单独相处，我们之间却没有发生任何改变。甚至连暗中示意之类的我都没做到。有一天，G君因为感冒请假了，可是楼下却送来了写小字的工作。这下我可慌了，耗尽最大的努力拖延说：

"明天交可以吗?"

然后跑到外面给G君住的地方打了电话。他告诉了我他家怎么走，又说：

"我明天之前做好，你把原稿给我送过来吧。"

我第一次去G君的住处，满怀期待和忐忑。可是，当时G君是否躺在被窝里什么的，我都完全不记得了。我唯一清楚地记得的是在一个小小的餐具柜里，碗都倒扣在托盘上，上面还盖着一块雪白的漂白过的擦碗布。

当我看到摆放整齐的碗上还盖着一块雪白的擦碗布时，内心深受打击。啊，我想我和他注定没戏了。不是因为我们身高不般配，也不是因为我们性格不合，而是存在着某种看不见摸不着的更严重的差异，某种让我们绝对不会产生交集的东西。我瞬间醒悟了。就算我等到了二十七岁，穿上了制作精良的好衣服了，没戏还是没戏。

我没多久就从G君家出来了。回家的路上，我想也许G君老早就知道我的心思了。也许他知道我喜欢他，所以只要他提出来，我就能努力把自己变成中规中矩的、带有市井风情的G君老婆。什么雪白的擦碗布也好、内裤也好，我都可以细心地洗干净。可是我想G君可能还是发现了某种他无论如何都无法接受的东西吧。

尽管我已经醒悟我和G君的关系绝不可能超越

友谊，但还是无法停止继续爱他，只是爱得越发伤感了。我对自己在打火机店的二楼一味敷衍工作还领工资这件事的态度一下子转变了。虽然我还需要钱，虽然我对 G 君把我那份工作也完成了这件事一直佯装不知，但是自从我被那块雪白的擦碗布拒绝了之后，和 G 君两个人单独相处让我觉得难受，我便把工作辞了。

此后每每在学校遇到 G 君，他都会津津有味地跟我讲接替我跟他一起打工的人的事，他总说：

"次郎长不在的话，我闲得无聊啊。"

我不觉得他是在讽刺我，而认为那是他的温柔，这让我越发失落。

偏偏在这个时候笑

大学三年级的时候，我在一家打火机店打过工。在打火机店二楼的榻榻米房间里，每天早上我过去时，他家的儿子都还在蚊帐里睡觉。

在那个榻榻米房间的窗边走廊里，并排摆放着两张桌子，我的工作是在那里制作刊登在行业报纸上的小广告的原稿，或印刻在打火机上那种很小的文字的凸版底稿。可是这两件工作我都不会做。

我想 G 君之所以愿意把我的活儿也揽过去自己做，应该是因为我来自单亲家庭，家里很穷。

而他，是个孤儿。

没有工作做的时候，我们就躺在榻榻米上东拉西扯地打发时间。

有一天，他聊到因为三月十日的东京大空袭失去家人的事。那根本就不是东拉西扯应该聊到的事。

　　一整晚为躲避大火，他的家人都走散了。等他回过神来才发现，只有六岁的他牵着一个小姐姐的手，站在荒川的河堤上。一路从很远的地方逃过来的人们，都顶着一张黑黑的布满灰尘的脸。如果一张脸都因为灰尘而变成黑色的话，人脸上就只有嘴唇呈现出鲜艳的粉色。

　　河堤上的人，被烟熏到分不清哪里是衣服哪里是身体。这时，一个男人突然打开他拿着的包袱皮，从里面拿出一件雪白的衬衫。只见他脱掉被烧得破破烂烂的上衣，穿上了那件白衬衫。在一群乌漆墨黑的人群中，只有那件衬衫雪白雪白的。

　　"要说哪里奇怪，我就没遇到过那么奇怪的事。现在想想，我依然没有遇到过比那更奇怪的事。"

　　虽然我没有亲眼看到，但我能充分体会那个奇怪的感受。我大声地笑了起来，笑着笑着我的眼里充满了泪水。

虽然母亲是东京人，但毕竟离开东京二十多年了，所以她说话夹杂着各种地方的方言。此外，她说话又很快。

小姨一直生活在东京，说着一口地地道道、字正腔圆的东京话。

小姨说：

"你妈这人只要一吵架，说话的音调就变掉了。她一着急连'你'也不会说了，就变成'侬'了。"

每次小姨铿锵有力地说着"我说你啊"靠近我时，我的心都提到了嗓子眼儿。

父亲去世前，关系亲密的亲戚们都表情严肃地围坐在父亲的病榻旁。同样的状况已经持续了两天了。

几乎几个月没吃过东西的父亲，已经能透过肚子看到脊梁骨了。我一直以为海盗的骷髅头标志只是漫画里才会出现的，可那时看到父亲的脸，我觉得骷髅头标志画得相当写实。

每一次呼吸，父亲都会发出像哨子一样的声音。他整个人向后仰，头会离开枕头。母亲、我或者妹妹每次都会把父亲的头扶到枕头上。

父亲目光空洞，也不眨眼，已经什么都看不见了。

小姨一直用力地握着我的手。从被她握住的手上，我能感受到富有同情心的真诚的小姨内心的温柔。

父亲猛地向后仰过去，就这样去世了。

"侬！侬！"

母亲发出近似惊叫的声音，趴在父亲身上。

此时，握着我的手的小姨的手剧烈地抖动起来，她竟然为母亲大喊的"侬"一下子笑出声来。为了止住笑，小姨的手被憋得直发抖。

刚刚死了亲人的家里，仿佛整个房子都哭泣过一样，有一种火辣辣刺痛般的孤寂。而且，全家人都温柔客气得让人不舒服。

　　等来吊唁的人渐渐少了，吵吵闹闹的家突然安静下来，我们才开始意识到父亲去世了这件事带给我们的恐慌。也可能是为了摆脱这样的恐慌，我们都变得手足无措，就好像明明肚子饿了，却什么都不想吃的那种感觉。

　　晚饭后，我们围坐在暖桌旁，彼此都不知道视线该落在何处。

　　玄关那边传来哗啦哗啦的开门声，渡边老师来了。哪怕我们还是小孩，也都知道对父亲来说，渡边老师是无人可以替代的特别的好友。

　　渡边老师长得就像给鬼头瓦植了一大丛怒发冲冠的毛发一样，他高大魁梧，还耸着肩。

传说在学生时代，他曾经半夜爬上女大学生宿舍的二楼。而住在那间宿舍里的人，就是他现在美丽的夫人。他一喝酒就会高声唱道："若娶你为妻，才貌双全人心善……"他的声音让不结实的房顶摇摇欲坠。在我看来那首歌简直就是为他量身定做的。

渡边老师那魁梧的身躯咚咚咚地走进来，他走到放置着父亲的骨灰、照片和鲜花的祭坛前一屁股坐下，突然大声怒骂：

"佐野利一，你为什么死了?!"

然后"哇"的一声大哭起来。他用硕大的拳头咯哧咯哧地揉搓着自己的脸，粗壮的手臂来来回回舞动着，我们从暖桌这边也看得清清楚楚。那个手臂的运动实在是太奇怪了。我和弟弟对视了一下，弟弟马上捂住了嘴。妹妹也低下了头，只用眼睛在四处张望。

我发现就在这个时候，父亲去世后家里那种手足无措的氛围终于消失了，一切都恢复到了某种自然的日常状态。

尽管如此，我的泪水还是涌上了眼眶。而这眼泪并不是因为我们失去了父亲。

外公六十八岁那年去世了。

他常说自己钓鱼的时候，总被人当成吉田茂，而且否认了也没人信。说这话时，他看上去好像并没有感到什么困扰。

外公一到夏天就会戴着的那顶康康帽，有一股外公身上的味道。那味道和父亲是不一样的，我觉得那应该是秃顶的味道。

我一拿他的帽子玩，他就说会弄坏的不许玩。还说他头太大，买到一顶合适的帽子不容易。

在火葬场，母亲和小姨为外公收纳了骨灰。那酷似吉田茂的头也好又扁又大的脚也好，都变成了粉碎的白骨碎片。小姨看了看骨灰罐，又看了看白骨碎片说道：

"姐，这装得下吗?"

小姨和母亲是从她们认为是脚的那一面开始收纳骨灰的，她们希望装进去之后头位于罐子的上部。可实际上根本无法判别这些骨头是身体的哪个部位的。一想到装不下的骨头会被丢到什么地方去，就想尽可能多装一些。

"姐，这装得下吗?"

这句话小姨反复说了几次。

"这个是头!"

当小姨这么说的时候，骨灰罐已经装满了。于是她把这块大骨头放到骨灰罐的最上面，"嘿"的一声用力把那块骨头往里塞。她一边塞一边笑出声来。

"别乱来! 你呀，把这个也装进去吧。"

母亲说着也笑了起来。

就这样，母亲和小姨一边笑着一边把外公全部塞进了骨灰罐里，外公的头盖骨确实有点大。

原谅我吧，我的猫

我认识的第一只猫，名字叫小玉。它是邻居家的猫。邻居家的阿姨没有小孩，总是穿着和服弹着三味线。

阿姨弹三味线的时候，身边总是睡着一只小猫。我蹲在土墙围起来的北京家的小院里，看着阿姨发出一些奇怪的声音。我听说三味线那个四边形的白色部分是用毛皮做的，再看那睡在阿姨身边的小猫，不由得毛骨悚然。

一天傍晚，阿姨把死去的小玉放在围裙里兜着，一边嚎啕大哭，一边走进我家的门。

阿姨就一直站在那里没完没了地哭。

我家养的狗死了的时候，我家谁都没哭。当时我想，阿姨之所以一直哭个没完，一定是因为她没有小孩。

后来，邻居家领养了一个可爱的小女孩。

那个小女孩头发油亮油亮的，樱桃小嘴总是笑盈盈的。她是我的第一个好朋友，我们每天都在一起玩。

而且，关于她是领养来的孩子这件事，我一刻都没办法忘记。

我想，正是因为她是领养的孩子，所以一到过年她才会变得那么漂亮，既有宽袖和服和漆木屐，还有装饰得很夸张的毽球拍。也正是因为她是领养的孩子，所以哪怕只吃煎蛋，不吃菠菜和胡萝卜也没关系。因为她是领养的孩子，才能得到一放倒眼睛就能闭上的洋娃娃。因为她是领养的孩子，所以必须要和着阿姨弹的三味线，发出奇怪的声音进行演唱。

我蹲着一动不动地看着那女孩在阿姨身边，一边流着眼泪一边发出奇怪的声音。然后我想起了阿姨弹三味线时睡在她身边的小玉。我感觉阿姨一定是把小女孩当作是小玉的替代品才这么疼爱她的。

再后来，我搬家了，离开了那个女孩。她变成了一个生活在遥远的地方的一个遥远的女孩。

有一天，我从母亲那里得知那个女孩死了。

"真可怜啊，她那么招人喜欢。都说可爱的孩子死得早，看来是真的啊。"

我无法理解每天和自己一起玩的女孩死了到底是怎么一回事，所以我也无法对那个死去的女孩进行思考。

我唯一能想起来的只有抱着已经死了的猫在夕阳中嚎啕大哭的阿姨。

刚从中国撤退回到日本，住在父亲老家的那段时间里，家里养了一只橘猫。

那只猫生下来就有一只眼睛是瞎的，尾巴也和后背上的一个地方连在一起。从尾巴根部到后背连接的地方，有一个手指可以插进去的空隙。

有一天，哥哥在看《儿童科学》杂志。那上面用插图把小猫从树上掉到地上的整个过程中身体的变化都画了出来。

"小猫从任何地方掉下来，都会稳稳地站住呢。"哥哥说。

然后他看了看正在檐廊下团成一团睡觉的橘猫，又看了看我。我和哥哥的眼睛一定是露出了同样的神色。

那是一个安静的下午，秋日的天空碧蓝如洗。当时家里只有我和哥哥两个人。

哥哥抓住了檐廊里的橘猫，但还是不放心地朝房间里看了一眼。

"把它弄上房顶吧。"

覆盖了杉树皮的屋顶，仿佛刺破了亮丽的蓝色天空。哥哥用两只手把猫举上屋顶。橘猫的爪尖划过杉树皮跌落了下来，勉强四脚着地落在地面上。

"是真的!"

哥哥又抓起猫，抛上屋顶。这次橘猫几乎完全是蜷缩着的姿势，但它还是稳稳地落在了地上。

"是真的啊!"

哥哥又一次抓起猫。

"别弄了。"

我看着那只瞎了一只眼的猫，心里有点害怕了。

"没事的。"

哥哥回头看了我一眼，又把猫丢到屋顶上去了。

橘猫一只爪子钩在杉树皮上倒挂下来，然后径直落到地面上。它和地面猛烈撞击之后就躺在那里一动不动了。

我和哥哥相视无言，就这样互相看着对方，站了好长时间。

哥哥轻轻地抱起橘猫，把它放在从玄关进房间上来的台阶上。橘猫完全没有动。我和哥哥默不作声，只是互相看着对方的眼睛。哥哥的喉咙发出咕咚一声，我也咽了一口口水。

我们不敢出声地向后退去，明明想赶快离猫远一点，可还是选了个能看见橘猫的地方，并排蹲在了正对着玄关的院子里。

我们专注地看着橘猫，可它还是不动。小姨回家之后，一直在厨房忙碌着。

过了一会儿，小姨穿过和玄关相连的有地炉的房间，朝里面的榻榻米房间走去，从我们眼前消失了。我紧张得心差点从嗓子眼里跳出来。

这时，蹒跚学步的妹妹不知道从哪里跑出来，她挪到玄关里一屁股坐在了橘猫的身上。"哇啊！"突然传来这声惨叫，妹妹惊恐地站起身来。只见那橘猫软绵绵地站起身来，东倒西歪地走了起来。小姨从里面的房间出来，观察了一下橘猫。

"咦？这猫是怎么了？"

我和哥哥异口同声地说道：

"不知道！"

我们的声音过于整齐，真让我心虚。

橘猫摇摇晃晃地向厨房走去。我和哥哥面面相觑，"呼——"地长长地舒了一口气。

自此之后，我和哥哥再也没提过这件事。

一段时间之后，我们坐着电车搬去第二个小的居民点。

有一天，我和哥哥去小姨家玩。小姨正在檐廊下剥用来晒柿饼的柿子的皮。小姨旁边的坐垫上，橘猫正在睡觉。

"这只小猫，还是天生身子弱啊。最近，一睡就是一天。"

我和哥哥直勾勾地看着对方。

一言不发。

上了初中，我和第一次排队时站在我旁边的田中成为了好朋友。田中长相非常甜美，总是穿着高级羊毛质地的水手服校服，系着红色的领结，用4H铅笔写出端端正正的字。她说她的父亲是公司社长。

我去她家一看，她家的房子超级大。连着房子的宽敞的车库里停着好几辆卡车，还堆放着钢筋和木材。房子玄关的地方挂着一块"田中建筑公司"的招牌。

穿着工作服的年轻男子都叫田中"小姐"。

田中的房间里有一架黑色的钢琴。我有时会去田中家学习，还会模仿田中的字。

对于给我们端来茶和点心的田中母亲，田中会稍显神经质地皱起眉头。把东西放下之后田中母亲去了大房子的什么地方就无从可知了。

我想一直都在田中家学习好像不太好，所以有一天我邀请她来了我家。

我家的房子是由部队营房改造成的一连八户人家的长屋。玄关的门上没有玻璃，而是贴着那种糊油纸伞用的黄色的油纸。

　　家里面也是一目了然，只有八张榻榻米那么大。我和田中坐在房间的角落里，面对着面在练习写端端正正的字。我一边写一边心里想，如果家里有什么零食就好了。被我轰出门的弟弟和妹妹大呼小叫地回家了，如果他们在这个房间里闹腾起来可怎么办？

　　就在这时，我家的猫走进房间。只见它来到房间正中，突然开始"嗷、嗷"地一边叫着一边吐了起来。它吐出来的是一个让人感到恶心的深绿色粪便形状的硬疙瘩，我真是羞愧难当。

　　我用手纸把那个硬疙瘩包起来，从窗口丢了出去。因为那上面沾满了猫毛，透过手纸我感受到了一种热乎乎、软塌塌的感觉。

　　我用抹布擦着榻榻米，田中用嫌弃的眼神凝神看着我。

　　等我回到座位，田中夸我说：

　　"佐野，你可真厉害啊！"

被她这么一说，我更难过了。因为我领悟到什么都能够自己处理，只是证明了贫穷。

我一个人在家的时候，一只大肚子的猫像中了邪一样，一直追着自己的尾巴在地上绕圈跑。最后它一边发出瘆人的惨叫，一边生起了小猫。这猫没完没了地生出小猫，然后用嘴扯破包裹小猫的胎衣，进而把带着血的胎衣一个接一个地吞进了肚里。这样一幅小猫生孩子的恐怖画面，我只能眼睁睁地看着了。

我把一些破布放进壁橱里，并把情绪亢奋的小猫引进壁橱，把它弄脏的榻榻米擦干净。

我一边擦一边心里想，幸好这一幕没有被田中看到。

我一直不喜欢猫，所以也从来没想过自己会养猫。

大概是儿子四岁那年，有一次我们去一个养了猫的朋友家玩。儿子刚在门口脱了鞋就看到了小猫，于是直接冲过去把猫抱起来，使劲把自己的脸贴在了猫脸上。与其说是猫可爱，倒是抱着猫的儿子把我可爱到了。而且，对于能够感受到我所感受不到的爱的儿子，我也有一些小小的嫉妒。

　　为了满足儿子的愿望，我下定决心想要只猫。刚下决心的时候，我心情忐忑，十分不安，一想到当真有猫要住进我家，我就完全丧失了自信。

　　刚好我有个朋友家里的猫刚生了小猫，我就让她给我送来了一只。那是一只拥有漂亮条纹的小白猫，大大的眼睛非常可爱。可是小猫被迫和父母兄弟分开，它用柔弱的声音叫了整整一夜。

　　反正养一只和养两只都是一样的，我铤而走险把另外一只还没送出去的它的兄弟也要来了。我实在承受不住那刚出生的小奶猫的凄惨叫声了。

　　第二天，朋友把那只还没送出去的小猫兄弟装在笼子里给我送来了。从笼子里钻出来的小猫和家里的小猫，像两支离弦的箭一样飞快地跑到一起，我的眼眶立刻湿润了。我想也许因为我的热泪盈眶，昨晚我一直感到不耐烦的小猫叫声，现在也觉得可以忍受了。

第一只小猫长相甜美，一副天真无邪的样子，性情也很温顺。第二只小猫眼睛小小的，身上的条纹也斑驳不清，总是用一副"老子无所不知"的眼神审视着我，然后又突然把视线移开。我为了不让第二只猫发现我更喜欢第一只猫，会故意用更温柔的声音对第二只猫说话，可是第二只猫还是用"老子无所不知"的眼神审视着我。

对我儿子来说，只要是猫就都是可爱的，所以他会毫无差别地疼爱或是捉弄所有的猫。可是我却逐渐地把家里的猫和外面的猫区别对待，开始袒护它们。

猫咪已经不再让我感到惶恐不安了。一想到第二只猫的老到精明也是一种野性，不由得对它产生了尊敬。

大概过了两年，我开始养狗了。第二只猫就突然失踪了。我和儿子对它出走的理由进行了各种各样的猜测，每到下雨的夜晚都会特别担心它的安危。

后来我们只好随它去了。也许它已经死了，也许是讨厌我们了，也许是它嫉妒那只狗。

我想也许那只猫是真的看透了我的心思。这种想法让我变得对自己的感情和天性都没有自信了。

八个月过去了。

时间到了天气马上就要转凉的仲秋时节，那只猫不声不响地回来了。脖子上还戴着红色的项圈，变得更加犀利、野性十足了，但并没有憔悴消瘦。虽然看上去不脏，但一根根毛发上都均匀地附着着很多细小的灰尘。

它看着我的脸叫了。因为家里的猫都是属于儿子的，所以儿子眼眶红了。

这只猫只走到我的身边来蹭我。就仿佛它想告诉我它已经原谅我了，或者告诉我不要再为它自责或担心。它在我身边睡了一晚，又钻进儿子的被窝睡了三晚，然后就再次不知去向了。

第二次，又是在一个冬天即将来临的体感微寒的日子，第二只猫回家了。它变得更有野性了。它还是久久地凝视着我，然后会突然把视线移开。这次它只待了一晚就走了，从此再也没有回来。

在临近冬天的夜晚，我和儿子都会等着猫回来。

我和儿子养着一只不回家的猫。

那时候，我第一次一个人养了两只猫，也好不容易适应了和猫一起生活。

那两只猫是朋友家的猫生的一对兄妹，长相十分俊美。我就想，下次我要广施恩惠地养一只任何人都不愿眷顾的丑猫。那一定是我对人类社会以貌取人的恶习表达的一种抗议。

公司里恰好有同事家里有刚出生不久等待领养

的小猫，于是就给我带来了。我还是第一次看见长成这样的猫。它的颜色也好，花纹也罢，都让人一言难尽。看上去仿佛所有颜色都混合在一起，就好像吸尘器里集结成块的垃圾团儿。整体看上去是灰色的，但斑斑驳驳地夹杂着明亮的茶色，这反而看上去显得很脏。

说实话，我心里觉得很不舒服。可是我已经下定决心这次要广施恩惠养丑猫了，所以我没有办法对自己说不。我深深地吸了一口气，决心去执行这个施恩行动了。

我把这只猫带回家，家里的两只猫都从很远的地方高度警觉地观察着它。

这小猫的眼睛长在哪里，不认真看都找不着。尽管如此，它却和所有的小猫仔一样，天真无邪地到处跑，天不怕地不怕。给它一点猫粮，它就大口大口地吃起来，一边吃还一边发出"哈……哈……"的护食声。家里的两只猫在保持一定距离的地方一直看着它。而小猫则似乎已经产生了如果不和这个世界进行战斗就活不下去的觉悟。

它吃食的状态，让我抑郁。我至今为止的生活状态是不是和这只小猫一模一样？一想到这个我就陷入郁闷。

于是我打电话给独自一人住在公寓里的妹妹，问她要不要养猫。我说：

"因为实在太丑了，所以不想养了。"

听我这么说，妹妹说：

"姐，你也太过分了。你不养我养。"

她意气风发地说道。然后又说："我要问一下房东。"过了一会儿她开心地打来电话说："房东说可以，那我现在马上去你家。"

妹妹久久地凝视着小猫。然后她露出认真得让人害怕的表情，默默地望向我的脸。

"你可说了你要养的啊!"

虽然我为自己也曾下过决心要养这只猫而感到深深的自责，但还是口气强硬地对妹妹说了这句话。我觉得自己非常卑鄙。妹妹突然变得少言寡语，把小猫抓进一个红色的篮子里回家了。

第二天，妹妹带着那个红色的篮子又回来了。她说房东让她把小猫给她看看，结果看完之后什么都没说，只是慢慢地摇了摇头。

"房东是喜欢小猫的。"

妹妹看上去挺开心地说道。

我和妹妹到处打电话，想给这只小猫找一个接收它的下家。也许它被带到公司交给我之前已经有过几轮同样的经历。最后，妹妹的好朋友帮我们把它送给了一对我们都不认识的年轻的小夫妻。

我一度担心这孩子还会被送回来，可是它好像真的成为人家的猫了。我终于放下心来，也深切地为自己是个令人讨厌的人而感到可耻。

在那之后我留心观察了一下，遇到了很多和那只小猫差不多颜色的猫。我也听说这种猫叫做玳瑁猫。我现在一遇到这种猫，就想双膝跪地向它道歉。然后我想，如果下一次有这种猫误打误撞地自己跑到我家来，我就遂了它的愿吧。

忘乎所以地想要广施恩惠养只丑猫什么的，这种想法真是惭愧之至。

一不留神发现身边多了一只丑猫，而且还是一只天不怕地不怕的丑猫。

如果是这样就好了。

Schwarz Herz[①]

刚开始住在柏林的时候，只要看到窗子里露出灯光，无论何时都会觉得那就是"卖火柴的小女孩"看到的那扇窗。哪怕是完全看不到一个人影的窗子也好，只要是里面亮着灯，我就想象着里面的人一定过着和灯一样明亮的生活。

从我住处的厨房向外看，能看到邻居家的一扇窗。那扇窗面对着庭院，镶着雪白纯净的蕾丝窗帘，总有一位老妇人坐在那里。那位老妇人坐在一张桌子前，一动不动。而我只能看到老妇人左侧那半张脸。

早上我一起床，老妇人已经坐在那里了。我像青蛙一样蹲在窗边的暖气上，瞪大了眼睛监视着对面，就想看看老妇人什么时候会动、什么时候吃饭。可是往往到最后我的脚也麻了，耐心也耗尽了，她还是一动不动。尽管如此，每天早上我还会蹲在暖气上，心想今天一定能等到，然后每天都会失去耐心。那个窗口简直就是一幅镶嵌在画框里的画。

有一天晚上，下了雪。我从窗子向外看，只见巨大的房子里只有那一扇窗亮着灯。红色台灯的光穿过窗口，看上去是一个漂亮的红彤彤的四边形。在这样一个下雪的夜晚，被蕾丝环绕的小窗像童话书一样可爱。窗子里的老妇人坐在那里，姿势和早上一样。

宛如巨大黑洞般的房子里，只有这一扇小窗发出美丽的红色的光。这看起来比每天早上我看到的老妇人更显孤独。

柏林真是一个老妇人特别多的城市。西方人基

---

① 德文，黑色的心。

本上是彻底奉行个人主义的，从小就被迫适应了要独立生活的观念。话虽如此，当看到这样宛如童话画面般的窗子里坐着一位一动不动的老妇人时，依然会觉得心痛，这恐怕只是东方人的感伤吧。

一上街就会遇到数不胜数的老妇人。她们一个挤着一个地坐满了公园的长椅，以至于无论什么时候我去晒太阳，都要被她们夹在中间。还有一次一个陌生的阿婆，用她那布满褶皱的手紧紧地握住了我的手。她始终笑眯眯的，不肯放开我的手。

在超市里你也会看到一边拄着拐杖，一边拖着脚，极其缓慢地移动着肥硕身躯的老妇人把两只小小的面包放进了购物篮。

我曾有一位房东是一个七十岁的阿婆。我在她那里住了没多久就搬走了。她生了病的女儿和外孙女就住在她的隔壁，可是我从没见过她们一起吃饭。

有时候阿婆的外孙女会邀请我过去喝茶吃点心，可是对于此时走进房间的阿婆，她的外孙女甚至不愿请她喝一杯茶。阿婆总是表情严厉地走到火炉边，但也只是站一会儿而已。一切都似乎理应如此。

每到夜里，阿婆就在她那个作为德国人来说绝对是脏得出奇的房间里，坐在那把因为过度摩擦而泛着黑光的布面椅子上，一个人吃晚饭。房间里点着一盏硕大的落地灯。

那盏硕大的落地灯上罩着一块红色的缎子，上面还盖着一块蕾丝，只是那蕾丝原来是什么颜色现在已无法判别了。在我看来那很像是某个歌舞厅舞女的内衣。

阿婆吃完饭，就坐在同一个地方，日复一日地一个人用扑克牌算命。当时既年轻又冷酷的我，竟然开始思考一个已经七十岁的人还有什么需要占卜的事情。

在那盏硕大的红色落地灯所制造的光圈中，阿婆看起来也是红色的。

我已经不再觉得每个窗口的灯光都是"卖火柴

的小女孩"看到的那种了。我认为那片红色的光晕中，只有一个孤独的老妇人一动不动地坐在那里。把"卖火柴的小女孩"带去天国的奶奶一定也曾如此一动不动地坐在那里。也许那是个既漫长又寒冷的夜晚。

我离开柏林的那天，在玄关那里，穿着好像雨衣一样乱七八糟的居家服的阿婆抱着我哭了。我好像都没有住满半年，也只是个寄宿的人。可是从她那玻璃珠般通透的眼睛里，泪水滴滴答答地流淌下来。

我时不时会想起这位房东阿婆。我会看见一个泛着红光的四边形的窗子，在那个窗子里，好像歌舞厅舞女的内衣一样的落地灯散发出红色的光芒，我看见正在一个人算命的阿婆。

那就像一幅画一样，一动不动。

李先生穿着一件气派的男式长礼服，系着真丝的方巾，戴着帽子。他背叛了自己的祖国，在欧洲四处漂泊，虽然已经年过五十，但总是满怀希望，梦想着总有一天会大获成功。他向我讲述着他年轻时代花钱如流水的日本留学生活，以及那些美丽光鲜的、人数众多的前女友们的故事，李先生好像曾经是一个很容易受伤的年轻人。

心智依然年轻可人已经老了的李先生，每天都会被他的德国房东太太在楼梯上大骂：

"该死的家伙！"

可他头也不回，只是耸了耸他那穿着长礼服的肩。和他住在同一层的我，和他共用一个厨房，所以有时会在同一张桌子上吃饭。虽然吃得寒酸，但他会和我侃侃而谈那些他认为一定会成功的事业以及过往那些美丽又温柔的女友们。

也许他对事业有成这件事抱有的态度过于乐观了，他的梦想也过于庞大。他对女友的束缚过于温柔，而在面对自我时他的虚荣心也过于强了。

李先生的老乡，一位报社记者说：

"我讨厌不成功的商人。"

身为一个梦想成功的商人，李先生每天早上都会为了买报纸而出门。为了去那个只有两百米距离的小报摊，李先生会一丝不苟地在胸口叠好真丝方巾，穿上那件带缎面衣襟的长礼服，戴上黑色的帽子。

而去谈那些也许会获得成功的生意的时候，李先生也是戴着同一顶帽子、系着同一块方巾、穿着同一件长礼服。

心情好的时候，李先生会给我讲《花花公子》独家报道的那些关于英国列车的强盗手记。他说犯人在越狱离开的时候，刻意在自己单间的铁栅栏下留下了一朵红色的玫瑰。也许这不是真的，但哪怕不是真的，留下一朵红玫瑰这个情节实在是太浪漫了，所以我也愿意相信。

"怎么样，够艺术吧?"

李先生一边像欧洲人一样跟我吹嘘着《花花公子》上的故事，一边摇头耸肩，哪怕只是吃个早饭，李先生也会整整齐齐地穿着深蓝色的三件套西装。李先生的同乡们都很爱说起自己的爱国之心和思乡之情，可李先生却像个年轻人一样只是梦想着未来，绝口不提自己家乡的事。他原来在老家是当地最大的书店的店主这件事，我也是从别人那里听说的。他把家乡的财产全部变卖出手，拿着一大笔钱远渡重洋来到了欧洲。

也许李先生已经下定决心再也不会回家乡了。

抑或，家乡对于已经被彻底欧化的李先生来说，已经是一个遥远的存在了。再或者，家乡已经没有关系亲密的亲人了。

和李先生一起出现在他的同乡面前时，我会不由自主地强烈地意识到自己是一个日本人。可是李先生并没有让我产生这样的意识。这件事反而让我深深地感受到李先生的孤独。

对于我顺手帮他泡的一杯红茶，他会非常感动地说：

"用心了，用心了！"

我感受得到他发自内心的感动。一想到李先生曾是一个和美国女友在瑞士的山庄里过着奢华生活的人，我心里不免有些难过。

　　欧洲的春天，只用一个晚上就来到你面前。只过了一个晚上，一片金黄的番红花铺满整条街道，草木都生出了绿芽。

　　就在这豁然明亮的街道上，我看到了一个不同寻常的人。他戴着黑帽子，穿着长礼服，背对着我。在长礼服的下摆处，衬里像细软的裙带菜一样垂了下来。他是李先生。

　　我们结伴乘上公共汽车，一起回了住处。在车上，李先生还是饶有兴致地跟我聊着他那即将大获成功的事业，看上去喜气洋洋的。

　　裙带菜依然那么垂着，李先生在厨房里继续满怀热情地讲着。而我拿来了剪刀，把站在厨房里的李先生的长礼服下面的裙带菜都剪了下来。那些裙带菜都是上等的丝绸。也许我的行为极大地侮辱了李先生，可是他却依然喜气洋洋地对我说：

"谢谢！用心了，用心了!"

我回到日本后大概过了一年，接到了一通来自李先生的电话。他说是在前往美国的途中经过日本。

"我在帝国饭店哦!"

我很想念他，也很想见他。心想他终于大获成功了。

可我并没有见到他。

虽然正值盛夏时节，我能想起的李先生却只有他戴着黑帽子、穿着长礼服的样子。

男孩们带着煮熟的红薯来钓鱼了。

他们用黑乎乎的脏手把红薯咕叽咕叽地揉搓一下，黄色的红薯就变成了黑乎乎的小圆球了。然后把这些小圆球插在小小的鱼钩上，投进水里。他们那混杂着泥垢和汗水的泛着黑光的脸上，双唇紧闭抿成一条横线。他们目不转睛地盯着水面上的一点，一个个都散发着一种拒人于千里之外的威严。

等他们满怀期待地提竿时，红薯团几乎每次都已经散落不见了踪影。于是那男孩就对蹲在一边看热闹的我吼道：

"混蛋，走开啦!"

于是我就把屁股稍稍向旁边挪一下。但是在我看到什么时候有鱼咬住了红薯鱼饵之前，我是不可能站起来的，否则，总觉得心里没着没落的。

我本来就不喜欢红薯，所以我很奇怪鱼会喜欢红薯。说不定鱼其实也不喜欢红薯。也许就像我们勉为其难地吃红薯一样，鱼吃红薯也是情非得已。

可是我想，我们也没必要为鱼准备我们人类觉得好吃的东西，因为毕竟那只是鱼而已。

坐公共汽车的时候，经过了一座很大的桥，桥下流淌着一条大河。我在这个城市住了好几个月，却是第一次看到这条河。

也许是因为当时正要入夏，河堤上植被的绿色非常鲜艳，所以我才注意到河水的流动。这辆公共汽车我坐过很多次，可从来没发现这里有河。整个冬天无论哪里看起来都是灰色的，河水和堤坝都混在一起，变得既不是河水也不是堤坝。

我下了公共汽车，沿着河堤走了一会儿。这里是郊外，所以附近既没有房屋，我也没有遇到任何人。河堤上草色青青，有一些黄色的小花和低矮的灌木。

这时有一种仿佛是乞丐住的临时搭建的小房子，突然铺天盖地出现在我的眼前。

在这种只有两张榻榻米大小的小房子的前面和两边，大概有五六坪大小的空地被用绳索或木板间隔出来。每一个小房子都如出一辙，前面的空地上，有一个穿着艳丽的游泳衣，戴着墨镜，就像金枪鱼一样的中年女性躺在躺椅上。

这把我吓了一跳。

又往前走了几步，依然到处都是金枪鱼女士们躺在躺椅上。她们的装扮几乎等于全裸。

　　我的惊讶并不是因为突然出现了很多人，而是因为这些女士们的年龄在日本绝对不再适合展示肉体了，可是她们却完全不觉得害羞，毫不在乎地露出了斑点密布的身体。为什么有这么多女士会躺在这里？比起这个疑问来说，让我觉得更加不可理解的是为什么她们都不觉得害羞呢？

　　对了，这件事学校里的朋友克连跟我说过，好像叫乡间小屋。那些住在石头房子里的，一整天房间里都晒不到太阳的人，她们为了晒日光浴而在乡下建造了这样的小房子。这可是让克连津津乐道的乡间小屋。

　　桃粉色的皮肤上密布着淡茶色斑点的巨大肉团，却可以如此毫无羞涩、光明磊落地进行展现，在这样的精神状态面前，我真是自惭形秽。

　　其中一位金枪鱼女士还满面笑容地邀请我吃三明治。

从河堤上下来，我沿着河边小路一路往下走。河水从这个大城市的正中穿过，却十分充沛清澈。路边有一个身材肥胖的老人正在钓鱼。于是我蹲在这个堵住了整条路的老人身边，目不转睛地盯着鱼线和水面交接的地方。

　　到底能钓上什么样的鱼呢？

　　老人提起了鱼竿，可是什么都没有。

　　老人顽皮地对着我抛了一个媚眼，发出了"嘻嘻嘻"的笑声。

　　以前这种情况下，那些脸上泛着黑光的男孩们说的可都是"混蛋，走开啦"。

　　老人打开放在身边的铝箔纸包，用他又粗又短的手指开始咕叽咕叽地揉捏着什么。铝箔纸包里是蒸熟了的带皮土豆。原来在德国，连鱼都要吃土豆的。这条河里的鱼果真都是德国鱼。

　　在这个连河里的鱼都要吃土豆的德国，不管你喜欢不喜欢，德国的鱼都是要吃土豆的。

　　比起那些宛如金枪鱼般躺在我面前的硕大的德

国女人给我造成的隔阂感，这些注定要咬住小小的
土豆鱼饵的小小的德国鱼给我带来了更强烈的孤
独感。

　　儿时的我三番五次地表达过想学钢琴的愿望。
　　"我们家是遗传性五音不全，学不会的。"
　　父亲总是嘲笑我，甚至让我觉得他这话里带有
一定的恶意。我想不通为什么父亲会那么确定。
　　那时候我加入了小学的合唱队，去广播电台唱
了歌词是"青蛙张开大嘴巴，荷叶上面学唱
歌……"的歌。
　　回家后全家人都守着收音机一起听了。
　　我并不认为自己五音不全。一上初中，高音我
就上不去了，于是大家开始比低一个八度唱歌。而
等到大家用低音演唱时，我又觉得那对我来说实在
太低了，我就高一个八度唱。突然有人说：
　　"谁啊？总发怪声。大家要好好唱啊！"

话虽这么说，可是我并不是故意捣乱的。我想那时候我的声带正处于不稳定的时期，这也是不得已而为之。

大学修学旅行的时候，我在旅馆的浴室里一边洗澡一边唱歌：

"乌鸦啊……为什么唱歌，因为在那高山上……"

"你快别唱了，完全跑调了。"

被如此强烈地制止，我还是第一次。心里想难道洗澡的时候开心地哼哼歌都不让了吗？

后来，我就再也不唱歌了。

有一次卡拉扬来到日本。

黑白电视机里出现了一个英俊的男子。我为卡拉扬双手的优美而感到震惊。卡拉扬一刻不停地舞动着他那美丽的双手，哪怕是静止的时候，也是一种美丽的舞动。

我急忙把电视的声音关掉。于是，失去音乐的黑白电视，突然变成了情节紧张得喘不上气的电视剧。

卡拉扬的双手表现出了世间所有的感情和表情。激荡人心的喜悦、抽丝剥茧般复苏的生命、远方的希望、恐惧和愤怒、温柔似水的爱情和痛苦煎熬的嫉妒……正如我们人活一世，不可能再次体会到同样的感情一样，卡拉扬的手也从来没有重复过同一个动作。

只见，卡拉扬早晨起床刷牙、喝咖啡、穿上衬衫和裤子。他还吃了牛排、喝了酒，扇了女人的耳光，然后道歉并和好如初……我们从早晨起床到晚上睡觉这一天做的事他都可以表达。而他是美的。他优雅地穿上裤子，再气质非凡地吃饭。他表现的就是人生。

我之所以相信卡拉扬是一个天才，并不因为他创造了怎样卓越的音乐，而是因为即使你把他创造出来的音乐全部拿掉，他仍然可以演绎出一场戏。

可是我把声音关上，"看了"卡拉扬的演出，这说起来确实让人害羞。

　　那之后过了好多年，我在柏林有幸得到邀请去听了卡拉扬的新年音乐会。音乐会的门票非常难买，带我去的人告诉我坐在我旁边的人是法国一位著名的音乐评论家。"有很多人从欧洲各地乘飞机来听卡拉扬的音乐会，所以柏林是个一无是处的城市，但只有音乐是世界第一。"

　　送票给我的人充满自豪地说道。他还向我普及了卡拉扬和富特文格勒①之间的不同。卡拉扬终于登场了，我被他的美再一次彻底击倒。在这辉煌夺目的音乐会大厅里，这次我不仅被卡拉扬的手，还被他全身的动作深深感动。

　　我的耳朵里完全听不到卡拉扬创造的任何音乐。他仿佛化身成一只非洲的黑豹，或一棵树叶在风中沙沙作响的白杨。同时卡拉扬还是一个顶尖的

① Wilhelm Fnrtwängler（1886—1954），德国著名指挥家、作曲家。

男性。他让我觉得优雅这个词就是为男性而存在的，能把优雅表现出来的，也是男性。

我必须要向把如此难以买到的票子送给我的这个朋友表示感谢。

卡拉扬所表达的音乐以外的东西，让我觉得活着是多么的美好！明天、后天……我对未来的人生产生了无限的憧憬。

音乐会结束之后，整个音乐厅都笼罩在兴奋和热情里。我想那一定是陶醉在音乐中的人们共通的一种连带感。身处其中，我也被兴奋所控制。

保持着这份令人愉悦的兴奋，我们去酒馆喝了红酒。我那得到红酒润泽的思维能力，或多或少融化了我所秉持的虚荣。

"其实我喜欢抛开音乐去欣赏卡拉扬的动作。在电视里看的时候，我总是……"

听完我此番表述之后的朋友的表情我永生难忘。我当场担心自己恐怕要失去这个重要的朋友了。

他十分怜悯地看着我，我觉得神明在怜悯那些内心贫瘠的人的时候应该就是这个表情。从此他再也没有邀我听过音乐会。

他打那以后把我叫做"只会看的人"。

我时常会思索父亲那句充满自信的，甚至用带有恶意的语气说的话："学不会的。"

我的父亲把外国人叫做"洋鬼子"。所以，麦克阿瑟是洋鬼子，贝多芬也是洋鬼子。

"日本是什么时候被发现的?"我这样问父亲的时候，他仿佛一吐为快似的回答说：

"哪怕不被发现，日本也一直存在啊! 这话说得像个洋鬼子。"

然而，父亲在学校是教西洋史的。

我寄宿处的房东阿婆已经有七十岁了。某个周日的上午她洗了澡，而我因为找她有事就去了她的起居室。结果我看到在那个因为过度磨损而看不出到底是棕色还是红色的天鹅绒沙发上，她全身赤裸地正在往身上扑白色的散粉。大惊失色的我想赶紧把门关上，没想到她招手叫住我，一边越发专注地扑粉，一边心平气和地和我说话。

我非常震惊，这不仅因为阿婆可以全身赤裸地与人交谈，更让我吃惊的是哪怕七十岁了，依然会执着扑粉的西洋妇人。阿婆的皮肤呈现出淡淡的桃粉色，异常妖艳。

早饭我们俩各吃了一个鸡蛋、一杯红茶和一点点香肠。

我们用都不太擅长的英语进行交流。如果卡住了，阿婆就会翻开我的德日词典用手指指出单词，我则翻开日德词典摆在阿婆面前。这样一来，两个人就会说："对，对。"并大大地点头，继续交谈下去。

吃完早饭之后，阿婆会读上一整天从租书店租来的侦探小说。而我有时候去上学，有时候不去上学。

　　阿婆的外孙女和妈妈一起就住在阿婆家隔壁。
当时我和阿婆的外孙女安杰丽卡是好朋友。当时正
在大学里学习日本文学的安杰丽卡，会用我都没听
过的标准的日语和我说话。

　　"日语中的敬语太优美了!"

　　她感慨道。并在与我的交流中常常用隆重的敬
语表达。

　　"您的高论用词怎会如此不雅?"

　　她略显伤感地摇着头，让我深感羞愧。安杰丽
卡说:

　　"我外婆太脏了。她的厨房里有肮脏的虫子，
她也不打扫。"

　　她慢声细语地对我说，声音非常优美，仿佛远
方摇荡的铃声。

　　"我外婆是个坏人。非常吝啬，而且贪得无厌。
你千万不要跟她走得太近。"

　　她也会这样命令我。

"我外婆满嘴谎言。她还撒谎骗远方的朋友寄钱给她。"

在过去的漫长历史中，安杰丽卡的妈妈和外婆之间到底发生了什么我并不知道，但我想一定有什么理由会让安杰丽卡如此热衷于提醒我。而且，我也觉得安杰丽卡所说的并无虚假。我确实在吃早饭的时候看到过阿婆剪开一个信封里面哗啦啦地有钱掉了出来。可是，阿婆却从来没有说过安杰丽卡一句坏话。

有一天，阿婆一边走进我的房间来给暖炉添煤炭，一边好像在唱歌一样说道：

"Schwarz Herz，Schwarz Herz…"

我问：

"这是什么意思？"

阿婆把手放在自己的胸口说："Schwarz Herz。"又把手放在我的胸口说："Schwarz Herz。"同时一只眼睛眨了一下给我使了个眼色。

我知道德语中"Schwarz"是黑色而"Herz"

是心的意思。我突然心头一紧，不知该怎么回应。

阿婆接着又带着旋律地唱着：

"Schwarz Herz，Schwarz Herz..."

向厨房走去。我拿着字典追着阿婆跟了过去。阿婆依然在字典上指了指"黑色"，又指了指"心"。

我问阿婆黑色的心是指心肠不好吗？阿婆摇了摇头说，黑心人会认出黑心人，我和你都是拥有黑心的人。

我接着追问：

"安杰丽卡是黑心人吗？"

阿婆摊开双手，耸了耸肩，什么都没说。

我还明白了一件事。其实很早之前就明白了。那就是我和阿婆是同一类人。比起和安杰丽卡聊天，我和阿婆聊天的时候感觉更舒服。虽然安杰丽卡会说阿婆的坏话，但她并不是黑心人。而且我也知道自己身上有足够的东西让我欣然接受自己是黑心人这个说法。

那个时刻，我想起了已经去世的父亲。

"哪怕不被发现，日本也一直存在啊！"

我想到教授西洋史的父亲一吐为快的样子，他一定也是一个黑心人。我看着那装饰在玻璃珠般通透双眸周围的金色睫毛，心想："这人原来是个洋鬼子啊。"

就这样和洋鬼子阿婆互相对视着，与她共同分享黑色的心的我，确实继承了父亲的黑心。

那是至少十五年前的事了。我没有任何目标和愿望，也没有钱，竟然去了一趟柏林。抵达机场的瞬间，我就觉得自己来了一个不该来的地方，想立刻转身飞回日本。

我在那里一住就是半年，可是那简直就像和一个极端性格不合的男人同居了半年。我一直在等待学校放暑假，好马上前往意大利。其实我只是一个旁听生，而且课程也是想去就去、不想去就不去的，所以我明明可以早点和这个城市诀别。可是，人为什么凡事都要找到一个合适的理由呢。

还有一周就要离开柏林的时候，此前一边忍耐一边咒骂吃过的德国菜，已经变得完全无法下咽了。所以最后一周我每天就只吃一顿饭对付着。我会去中餐厅吃一种叫做汤面的面条。终于吃完了最后一碗面条，我实在是心情愉悦，就慷慨地多留了一些小费。

第二天早上，我已经等不及火车的时间，也等不及来帮我运行李的朋友，自己一个人把行李都搬到了马路上。在火车站的喧闹中，面对着可能再也不会见面的朋友，我迫不及待要离开这座城市的喜悦已无法掩饰。

"如此开心地与我道别的人，你是第一个。"

虽然很对不起朋友，但我真的很开心。

火车到了米兰，车站的拱形屋顶内嗡嗡地回荡着火车和人群产生的混响。虽然所有车站的声音都是一样的，可这里的听起来就像欢快的山谷回声。

　　米兰没有拒绝我，我感受到了。虽然我也不知道为什么这么想。

　　我去了朋友所在的酒店。我的朋友不在，和他同居的我不认识的女孩把我带去了一家远离闹市的饭店。我已经一天半什么都没吃了，所以就说：

　　"我吃什么都行。"

　　端上桌的是用大蒜和橄榄油炒过的意大利面和鸡肝，上面还撒着欧芹。这世上竟有如此美味！我一边吃着带着大蒜味的鸡肝，一边幸福得差点流出了眼泪。

　　"好吃，好吃！"

　　也许我看上去很不正常。

　　"你在德国时都吃了什么？"

　　"在德国就不叫吃饭，我只是填饱肚子。你每天都吃这么好吃的东西吗？"

　　"还有很多更好吃的饭店呢，今天因为着急就找了最近的一家店。"

我想此刻应该是我人生中最幸福的时刻了。面前的大蒜味鸡肝、明媚的阳光和到处洋溢着热情的意大利语的街道，让那一直在我身体里冬眠的亲切感一下子喷薄而出。

而且我马上和刚刚认识的女孩借了游泳衣，一路舔着冰淇淋去了游泳池。我觉得那些在游泳池里游泳的小孩子实在太可爱了，恨不得凑过去在他们的肩膀那里咬一口。而我自己也觉得好幸福，好像浑身都在发光，连我自己都喜欢上了自己，恨不得咬自己一口。

也并不是说柏林是多么过分的城市，米兰是多么美丽的城市。只是我觉得对于每个人来说，就像人和人之间存在的差异，人和某个城市之间也有性格合不合这回事。住在米兰的那些日子里，我一直都想要永远留在米兰。

米兰给我留下的记忆只有快乐。可是跟我性格不合的柏林却教会了我比快乐更重要的事情。

如果能够再一次前往其中某一个城市的话，我想我还会诚惶诚恐地前往那个曾经拒绝了我，令我十分憎恶的柏林。

谎　言

　　为什么要画儿童绘本？

　　也许，那是因为我个人的一个缺陷。无论什么事情，我都要回到自己的童年时代。

　　我并不是作为一个客观的成年人来观察孩子、了解孩子，对孩子进行讲述的。

　　我会不厌其烦地面对自己内心世界中那个童年时代的我来进行讲述。

　　我像牛一样把吞进肚里的东西吐出来，再把吐出来的东西吞回去，如此反反复复。

　　我能够了解一个孩子，只是因为在那个孩子身上我看到了童年时的自己。

　　所以我只能相信：

因为我曾经是一个平凡的孩子，所以无论哪个孩子身上都一定有和我一样平凡的地方。

　　相信一件事和幻想，也许基本就是一回事。

关于画画

　　我哥的心脏长在右边。

　　我四岁那年他六岁。

　　因为心脏长在右边，所以哥哥是个与众不同的人。

　　还因为他有心脏瓣膜病，所以哥哥嘴唇的颜色和其他孩子都不一样。

　　指甲的颜色也和其他孩子不一样。

　　而这些都曾是我的骄傲。

　　哥哥很喜欢画画。

　　他会面对着矮脚饭桌，很投入地，真的很投入地画画。

　　而我会趴在那张矮脚饭桌上，带着尊敬和骄傲陶醉其中。

渐入佳境之后，哥哥会微微张着嘴，露出好像要用舌头去舔鼻尖的样子。

哥哥画了士兵。

很多很多、各种各样的……

哥哥从士兵的脚尖开始画，然后画绑腿、画腰带、画扛着步枪的手臂、画侧脸最后画上帽子。

从下开始往上画的士兵的头刚好在距离纸边一厘米左右的地方，正正好好地画在纸上。

从下往上一点点完成的画，在我看来是多么的完美啊！

从海底往上画出来的船的画中，哥哥把我画在了船上，在我身边还画上了变成士兵的哥哥。

我乘上了变成士兵的哥哥的船，漂浮在从没见过的大海之上。

哥哥用十二色的国王牌蜡笔画了很多很多画，而我在他身边唯有幸福。

我从来没想过自己画画。

首先我学不来那个一旦着了魔就要半张着嘴用

舌头舔鼻尖的动作。

　　我坚信只有那种可以深陷其中、高度集中甚至神色大变的人才能画出那样的画。

　　哥哥在他十二岁那年的六月去世了。

　　父亲有个朋友不知道哥哥已经去世了，还为他买了水彩颜料和调色板做礼物，特意送到我们被遣返回国后在深山里的住处。

　　在那块小小的、崭新的用本色木材制作的牌位旁边，供奉着闪着光的颜料。父亲的朋友是个身材魁梧的叔叔，他双肩颤抖着揉擦着眼睛。对十二岁的孩子来说，那颜料过于奢华。

　　一味崇拜哥哥的我充满自豪地认为，父亲的朋友也一定觉得哥哥的画与众不同。那放在崭新牌位旁发着光的颜料带着冲击性的效果，让暂时还无法适应哥哥已经去世这件事的我，一下子接受了哥哥已经不在了这个事实。

　　没过多久，那盒在佛龛里闪闪发光的颜料就被送给了我。

我有点不知所措，独自发愁。

我本来就不喜欢画画，更关键的是这让我觉得自己背叛了哥哥。

可是，在那个匮乏而混乱的时代的深山学校里，拥有哥哥那套颜料的我备受瞩目。就因为我拥有那盒发光的颜料，竟然有资格参加写生比赛并获了奖。

我穿上了我唯一的一套高级衣服，坐上火车去领奖。回来的路上吃了人生第一顿炸猪排，震惊不已的同时感到十分幸福。但一想到自己那幅获奖的画，就觉得有愧于哥哥。我看自己的画时，从来都不会产生看哥哥的画时所产生的那种自豪和幸福的感觉。

"因为跟哥哥的画一比，我画的画实在太普通了。我也只是一个普通人。"

哥哥还是个孩子就去世了这件事，带给我一个被定了格的幻觉。

如果哥哥活下来了，也许最后就长成了一个普通人。可是现在在我心里，哥哥永远都是一个与众不同的人。

所以，所谓画画这种事，本来就只有像哥哥这样的人才有资格去做，这个幻觉无论如何都挥之不去。

只见他渐入佳境，或呼吸急促，或陷入沉静。他半张着嘴，舌头像起舞的蛇一样扶摇直上，仿佛受到某种刺激，必须要现出原形才行。

这样一来，如果可以的话我希望这个人最好是心脏长在右边，画是从下一点点往上画的才好。

而我却是心脏长在左边、擅长爬树，成天想方设法骗邻居家小孩的彩纸，并接受对方报复的一个普通孩子。

我作为一个普通人一直在画画。

因为六岁或者十岁的哥哥一直在我身体里，所以每当我画画的时候就会更明显地领悟到自己是一个普通人的自觉。

青春期时我在读一所画画的学校，朋友中有几个人很明显是相信自己有天分的。

我也许从未拥有过那种错觉或自信。作为普通人坚持画画这件事，几乎让所有人都意识到了自己只是一个普通人。而且，也让普通人都学会了我们都是不可替代的自己这件事。

普通人越来越无限地接近普通的自己这件事，真的非常有趣。

关于生活

幼年时代经历了日本投降的我，虽然还是小孩子，也算得上是一个生活能力极强的人了。

在大连，我们迎来了战败投降，母亲带着父亲的皮衣和自己的和服去广场卖掉，再买一些高粱米回家。

我给妹妹换好尿布，再做好一锅高粱米饭，然后站在家门前，把装在柜子抽屉里的花生卖了。

或者在脖子下面挂上一个盒子，向走过的俄罗斯人兜售香烟。

父亲则扛着用破布头编的鞋出门去卖。我发现和父亲一起卖鞋还不如我一个小女孩自己卖得好，就跟他说你去散步好了。

我知道该怎样装出勇敢懂事的样子，也知道父亲一边弱不禁风地苦笑一边退下的悲哀。

就这样，被遣返回日本的日子临近了，我给自己和弟弟们织了手套。

我就像一个开夜车赶活儿的阿婆一样跟碎毛线展开了一场苦战。

那是一个悲惨的时代，但我的幼年时代还是给我留下了无法替代的闪光的回忆。

我觉得那可能就是我在生活中展现出来的闪闪发光的应变能力。

在我看来，织手套和跟附近小朋友一起玩捉迷藏之间没有什么不同。

卖花生和用洋槐树的叶子玩数数猜谜游戏之间也没什么区别。

玩捉迷藏会开心、伤心、后悔，卖花生也会开心、伤心、后悔。

因为我还是个孩子，所以来不及思考就活下来了。

为了活下去，我必须用自己力所能及的方式疲于奔命地转动脑筋去应对，否则就会出现失败。

我在一个孩子的生活中摸清了人类所拥有的喜怒哀乐等所有情感的根源。

就算那是一个不幸的时代，但并不意味着我是不幸的。

走过了很多日本人摸索出来的路，我长成了大人。

可成为大人就意味着我在生活中变成了一个平凡的人。

而且积累着平凡的喜怒哀乐。

卖了破布头编的鞋换一点钱，再用它买高粱米糊口，这样的基本生活方式已经渗入骨髓的我，无法想象不干活也能生活这种事。

哪怕是因为生了孩子才不能工作的那段时间，

我内心也承受着罪恶感的谴责。

岁月流逝，也许我已经看明白了很多事。

也学会了要就事论事，对很多事要区别对待，采取不同的行动。

尽管如此，因为生活而让工作和画画出现了混乱，这依然让我多次感到生气。

也曾若干次希望，如果可以，好想把精神和肉体分离开来。

那种时候，我就会想起那段所有事情都被放在同一高度上进行周旋的时光。

在那个身处晚霞似火的陌生街道，迷路了的五岁的我的面前，无论怎样的孤单寂寞都会黯然失色。

喜悦也好、悲伤也罢，脱离了生活必将一无所获。一想到这些，我就领悟到只存在于脑子里的想象力是根本不存在的。

换尿布与画画，区分塑料袋里的可燃垃圾和不可燃垃圾与写文章，我想这之间其实是没有区别的。

而且，也不应该区别。

我希望自己能够充满想象力地生活。

也会得寸进尺地希望自己能够创作更丰富的作品。

而且我认为，只有在充满了堆积如山的不如意、无人羡慕的日常生活中平凡地积累，才能够让我获得想象力。

我们只有直面那些不由我们选择的现实，才会有想象力应运而生。对此我深信不疑。

关于创作虚构的世界

上小学的时候，写作文对我来说已不是难事。

随随便便我就能写好几页。

如果得到了夸奖，就会进一步升级，胡乱编造一些故事写进去。

编故事什么的，要多少有多少。

不过，还是有一点点内疚的。

虽然心怀内疚，但我的胆子却越来越大。竟然写到我家附近的洞穴里住着一个会拉小提琴的巨人。

老师看着我的眼睛问："这是真的吗？"我深感羞愧，回到家连饭都吃不下去了。

又长大了一点之后，我开始随性地阅读书籍。这回我又开始用和我看到的书一模一样的文体写东西了。

小学六年级时我写的作文，和夏目漱石的《草枕》一模一样。妈妈看完之后狠狠地瞪了我，说我是个令人讨厌的孩子，不知天高地厚。

妈妈觉得这么干很丢脸，这让我深受打击。

因为我用夏目漱石的文体愚弄了老师。

上初中之后，我每天都记日记。

那绝不能给任何人看。

因为那里面写的东西都太过真实，所以绝对不能给任何人看。

比起谎言，真实让我觉得更加羞于示人。

父亲去世的时候我十九岁，最大的妹妹十二岁。

因为十九岁的我已经接近成年人，所以我觉得只有十二岁和六岁的两个妹妹失去了父亲非常令人同情。

因为觉得她们令人同情，于是我对她们的态度也变得感伤了。

父亲去世后大概过了一周，我在十二岁的妹妹桌上看到了一封写到一半的信。

偷看妹妹的信让我的良心深受谴责，但它并没有打败好奇心。

那是妹妹写给在冲绳的笔友的信。

她的笔友也是十二岁，是个男孩子。

"我必须要和你告别了。"这是信的开头第一句话。

她把父亲去世的消息告诉对方，并描写了自己的父亲是多么的温柔和帅气。她还写道，因为父亲去世了，家里的大房子也只能变卖给坏人了。

在妹妹笔下，我家那高宅大院的院子里，有广阔的草坪，有牧羊犬，还有放置了三角钢琴的客厅。而且那个客厅里还铺着波斯地毯。

"因为我要搬去乡下的废屋住了，所以狗也好，草坪也好，还有三角钢琴，都必须和它们告别了。

"今后就再也吃不到作为甜点的烤苹果了。

"所以，我也必须和你道别了。"

我非常震惊。

我们家住在狭小的教师公寓里，院子里虽然种着黄瓜和西红柿，但连一根草都没有，更别说草坪了。

我都没见过波斯地毯，全家人里都找不到一个摸过三角钢琴的人。

更何况什么烤苹果……

妹妹彻底沉浸在自己营造的不幸中，而且不断升级，直至委身于一段剧情。她在信中过着另外一种人生。

这封信写得颇具表现力，很显然我也读得津津有味。

妹妹一定是自我陶醉在一个可怜女孩的悲惨命运中写下了这封信。

可是，吃饭的时候她一边指向天空一边对更小的妹妹说："啊，乌鸦!"这样偷走了小妹妹盘子里的菜。为此她还被母亲戳了一下。

另外，两个妹妹变得比父亲去世前更加相互依赖，她们和父亲喜欢的小狗一起嬉戏玩耍。在别人看来，这让人十分心疼。

妹妹只是很努力地活着。活在一个十二岁的孩子的生命里，或者说是活在失去父亲的现实里。

她是虚构了一个不同的人生吗？

那封信都是谎言吗？

不，她并没有虚构一个不同的人生，其中的悲伤就是她真实的悲伤。

那封信超越了我的伤感，是那样的顽强、无所畏惧，也是那样的可爱。

我觉得妹妹只是用虚构代替自己，专心致志地活在现实当中。

这就是所谓的谎言吗？

这种充满真情实感的吹牛皮就是谎言吗？

我想起自己上小学时写的那些胡编乱造的作文。

我编造的那些谎言，是多么虚弱，缺乏真情实感啊！

只是一些缺乏欲望支撑的、顺嘴胡说的，被老师一瞪就心虚害臊的胡说八道。

只是让母亲觉得丢脸的夏目漱石山寨版的作文。

如果妹妹知道我看了她写的信，也许也会觉得不好意思。

可是，我却从妹妹那悲伤的、滑稽的吹牛皮中学到了创作的原点。

面对扑面而来的现实和悲哀，不选择逃离，而是在其中营造浪漫并铺展开来，建造一个虚构的世界来割裂现实。哪怕作品只是一个伪造的廉价少女小说。毫无疑问，对于妹妹来说，那个谎言中包含着所有活下去的意义。

我的工作就是编造谎言。

我希望自己能像十二岁的妹妹那样，编造那样的谎言。

早晨醒来，随风而动

　　进入青春期之后，我几乎每天都在思考："人活着到底为了什么？"我观察了一下妈妈，发现她好像并没有什么明确的理想信念，每天只是随心所欲地责骂孩子、莫名大笑、算计金钱……这让我很瞧不起她。可是后来我也累了，心想这个问题很快就会找到答案吧，于是也逐渐变得有些心不在焉。然而现在思考来思考去，我活到这么大并没有凭靠过任何信念。因为我就是这么浑浑噩噩地活过来的，所以我想别人也都是一样浑浑噩噩地活着吧。

　　而且，这个世界充满了荒诞。如果一切都不再荒诞，那我活着也一定会很无聊。我一直觉得自己只是在期待与荒诞进行和解，或者期待可以无穷无尽地偶遇漫无边际的荒诞。

当我偶遇荒诞，有时候我会反剪着手把它按倒在地，有时我会向它妥协，有时我会像个疯子一样紧紧拥抱它，有时我只是远远地对那些遥不可及的荒诞说声再见。

可是，像这样没心没肺的呆瓜好像只有我一个。我以外的人好像都有一个所谓的信念，而且他们也知道应该如何安置这些信念。我置身于这样的人群中，没心没肺地活着。可是认真想想我发现，我确实活到这么大了，也不觉得有什么后悔。如果可以我想一直这样活下去，我可不想没找到什么信念就死了，我希望自己能够长生不老。

我不喜欢的说法有很多。比如什么"生活方式""自由翱翔""放飞""解放"和"女性的自立"等等。特别是跟我说什么女性精神的解放，那是什么我完全搞不懂。

在我很小的时候，我是个很封闭的孩子。我非常老实，既会察言观色，又情绪稳定，听父母的话，尤其对哥哥也是绝对地言听计从。那时候我很希望未来能嫁个好人家，看到母亲有什么好东西或者自己喜欢的东西，就会说："这个等我嫁人的时候给我做嫁妆吧！"我从来没觉得自己受到了什么约束，对于哥哥的命令也会兴高采烈地听从。他去哪儿我都跟着他，并且乐此不疲，总想尽自己的所能满足哥哥的要求。我没有一丝一毫觉得这有什么悲惨的。即使到了今天，我的幼年时代都是一块不可亵渎的神圣领域。

我上小学二年级的时候，全家从中国被遣返回日本，回到了父亲的老家。那时我的老师是一个只有十八岁的代课教师。如果遇到天气特别好的日子，比起上课她更愿意留在家里洗衣服。于是我们一起去她家找她，就会看到她哼着歌走过小桥向我们走来。她一边爽朗地笑着一边说："我今天洗了像山一样多的衣服呢！"有一个长了虱子的同学靠近她的时候，她就会喊着："不要过来啊，好脏啊!"然后绕着圈跑开。她还会把"森之石松①"读成了"深之石松",也会特别偏袒家里开医院的理惠子和我。而我则像一个仆人一样整天跟在理惠子的屁股后面,始终笑容满面。

有一天老师把我叫去,对我说:"虽然你是被遣送回国的人,但完全没必要为此而处处谦让。只要理惠子举手你就会把手放下是吧?你应该更加光明正大地把自己想说的话说出来。"其实我完全没有这样的意识,并没有因为自己是被遣送回国的人就变得唯唯诺诺的,所以我也不知道老师为什么会这么说。可是,从第二天开始,我好像完全换了一个人。赋予我全新的人格、塑造了现在的我的人,就是那个一到好天气就想在家洗衣服的只有十八岁的年轻女教师。从第二天开始,我变得侃侃而谈,变成一个在老师叫同学回答问题时会用高亢的嗓音一口气说三个"我"的人。我原本为人的温文尔

---

① 活跃在日本幕府时代末期的著名侠客。

214

雅、坚韧不拔，待人的隐忍谦让、尽善尽美，一夜之间全都消失得无影无踪了。

打那之后，我彻底敞开了自己。

现在，每当一位伟大的女性运用晦涩的理论和历史，搬弄女性的生理结构向我极力宣扬女性的自我主张时，我总会不由自主地变得恐慌。也许那个不自觉在太过年幼的时候，太过轻易地拆除了自己所有防备的我，作为一个现象和这些积累了丰富的意识而最终达到"解放"的优秀的人，看上去是相似的，但实际上竟然是不同的。

所以，我认真想想才发现，我并没有任何值得一讲的漂亮理论。

当有人问我为什么选择了现在的职业时，我发现自己也没有什么信念，只是顺其自然地变成现在这样而已。我并不觉得自己创作了什么，如果有人说我做的事情就是可以称之为创作的石破天惊的事的话，我会觉得非常困扰。如果有人说我做的事情偶尔赚到一点钱都应该觉得有愧于人，我是一个不检点的懦夫的话，我倒觉得所言极是。

　　二十年前我考入了美术大学的设计专业，可当时我连设计到底是干什么的都不知道，父母又认为女孩子画画或演戏都不是正经事，不愿意让我学这个专业。但他们似乎又担心长相欠佳的我若没有营生的技能该嫁不出去了，不知道从哪里听说设计这种工作女生也可以完成，也能够养活得了自己了。

　　大学读到二年级的时候，我终于大致明白设计是做什么的了。可是，没想到这份工作需要极致的准确，而不管干什么都会画出纸面、涂成一片漆黑，画个直角也需要一个多小时的我，好不容易找到一份兼职，也全部都是朋友代劳的。为了表示歉意，我只好给朋友削铅笔。可等我削好了五六支铅笔摆在朋友面前时，他总会露出尴尬的表情把每一支都重新削一遍。遭受如此打击的我只好问了另外一个朋友，从事设计的时候最重要的是什么，结果他很认真地回答说："不要把纸弄脏哦！"我真的觉

得这很无聊。如果他能给我一个更抽象、更高深的答案，也许我还能以此来鞭挞一下自己的笨拙。

就因为"不要把纸弄脏哦"这一句话，就像我小学三年级时突然变成另一个人一样，一瞬间我便放弃了成为一名设计师的想法。

然后我想，我要成为一名不用三角板也可以画画的，那种画广告的插图画家。

因为在我的内心深处已经失去了原本的温文尔雅，我也不会去想搞不好自己就找不到饭碗、找不到工作了这种事，我寻思就算我画得不好也一定会有地方收留我的。我好像和那个老师提问时可以连声高呼三个"我"的我没有任何变化，我想只要我一直举着手，就一定会有人点我的名字的。就这样，我被一个百货公司的广告部收留了，我在那里一边哼唱着小曲一边画着拙劣的画。早日嫁人什么的已经忘到九霄云外去了，没想到却被同班一个男生夺走了初吻，并趁我还没从震惊中缓过神来就把我娶回了家。

我在完全没有思考过结婚是什么的情况下结了婚。

　　我想我那种想说就说，还越说越兴奋的个性，会让我毫无节制地任性妄为到最后一刻。可能大多数人都会找到一个合适的时间、一个合适的交接点和人生和解，可是我却非常抗拒结了婚就理所当然应该生孩子这件事。

　　第一次怀孕的时候，虽然有这样那样的想法，但我还是觉得扼杀这个小生命是不可原谅的。但我又舍不得即将失去的我的自由，不禁失声痛哭。我甚至开始担心自己会不会怨恨这个即将出生的孩子。虽然我明白自己一直在做的工作，都像在生产废纸，可是我还是想继续这个工作。我也怨恨自己的自私，产生了这样的想法。

　　尽管如此，我还是生下了真的非常可爱的婴儿。四十三公斤的我变成了六十三公斤，胸围长到了一百零四厘米。在我听到婴儿"哇"的那声啼哭的瞬间，我就变成了一种叫做母亲的怪物。这个仿佛吸附在我的乳房上的小猴子一样的生物，简直就是会发光的天使。如果这个拼命吸在我胸口的儿子到了八十岁，那时候我该怎样化解那份孤独呢？一想到这里我不禁潸然泪下。我抱着儿子在只有六张榻榻米大小的狭小的廉租房里，一边咧嘴傻笑着，一边在想我的儿子怎么会这么可爱啊！以至于我会因为不能对走过身边的陌生人凑上去说"这是我儿子！这是我儿子！"而感到痛苦。我的儿子也是一样，竟是如此偶然地投生到我这里来，让完全没有做好当一个好母亲的心理准备的我就这样变成了母亲。而且，此生我都是一个母亲。

哪怕只是阳台上晾晒的小小的袜子、围嘴和贴身的衣服，都会让我看得出神，可是孩子刚过了百天，我就又想工作了。这到底是为什么，我也不知道。我直到现在也没有想过女性工作到底是件好事还是坏事。也许是因为我家世世代代都是穷得只能喝水的贫苦百姓，女人也从来没过过一天能睡午觉的日子。哪怕是生了十几个孩子的过程中，也一定要下地干农活。我的奶奶直到八十七岁临终之前，还背着粪肥桶在骂儿媳妇。

我想她一定没想过工作帮助女性独立什么的，女性工作这件事本质上的意义，我想就应该在我的奶奶和她的女儿、儿媳身上。我想我身上一定有一种什么都不干是罪恶的穷人思想。尽管如此我还是一个极度好逸恶劳的人。可是，虽然我是个好逸恶劳的人，但我觉得开心地玩和拥有兴趣都是毫无意义的事，会为此而感到内疚，我有这样的想法一定是因为我从根子上是个穷人的命。

虽然如此，我的经济观念几乎等于零，努力和回报不成正比的工作反而让我觉得干了活的实际感受更加强烈。我感觉那种时候我所感受到的坚韧不屈和悔恨交加，一定和仰天长叹庄稼歉收的奶奶们的心情是一样的。比起把原因归结为社会结构、阶级差异这些社会性觉醒的意识想法来说，恐怕我做的也只是仰天长叹而已。

我甚至觉得在仰天长叹之后回家的路上，如果没人看见，就顺手偷一两个红薯回家，这也是人之常情、顺应天意而已。

　　尽管我偶尔会给孩子们创作一些绘本，画一些拙劣的插图，但我完全不觉得自己从事着文化性的工作。之所以这么想，是因为我能做的事恰好就只有这些。也许这和一门心思在田里除草的奶奶们觉得她们的工作就应该是这个如出一辙，而我做的工作比起她们已经轻松几千倍了。我的工作既不需要力气，也不会累到腰疼。衣服不会被泥土弄脏，还可以顶撞老公，孩子也只有一个。既没有小姑子欺负我，也不必挑灯夜战编草鞋。

　　就这样，也可以叫做工作吗？

　　虽然这是再正常不过的，但我从来没觉得工作是辛苦的。我想这可能是因为我还没有做过能让我觉得辛苦的工作。不过，也可能是因为我在工作的过程中，我那个小学三年级时形成的完全不设防的精神构造，恰如其分地发挥了作用。

认真回想一下，可能我就是从那个时候开始，变成了一个话痨。

对于那些自己看到的事情和不知从何而来的各种各样的想法，我没办法把它们都安静地埋藏在心里，小心谨慎地处理。不管是谁只要有人在我身边，我都想立刻对他说出来。如果不巧身边没有人，我就会不发出声音地自言自语。我发现这个情况的时候都已经二十出头了，每当我泡在浴盆里心情大好之时，就会闭着嘴，舌根一动不动地说话。

那个曾经寻找理想的倾听者的我，早已醒悟了这样的人根本不存在。

因为我知道口若悬河说个没完的人会给别人添多少麻烦，所以如果我画了什么，就全当是一个补偿。这样也可以叫做创作吗？尽管我话多到了这个程度，但你要是让我对自己的工作说点什么，我会完全张不开嘴，一句话都说不出来。我会觉得羞愧得要死，对于工作我无法进行任何说明和辩解。如果有谁对我的工作说了什么，我都会觉得所言极是，而我只想原地消失。如果有人说出了与其正相反的话，我也会觉得所言极是，而我只想遁地而逃。而且，如果可以的话，想把这些都尽快忘掉。

我写到这里的时候，从编辑部收到了一封信。信上说希望我能就以下问题写点什么。我在人生中想要表达的是什么？制作绘本对于我的生活来说，占据着怎样的位置？在日常生活中生活和创作之间应该保持着怎样的关系，就这个问题生为女性的我是怎么思考的？……是编辑的主题发生了改变吗？还是说这和"活下去的信念到底是什么"是同样的问题？我实在搞不懂。

于是，我只搞懂了一件事，那就是我自己到底有多么愚蠢。那些问题中无论哪一个，我都没有明确的答案，甚至我都没有思考过这样的问题。我只是发现了一个糊里糊涂的自己。

我想要表达什么？所谓人生的主题之类的，我自己也弄不明白。哪怕我们像用镊子去夹取一样，精准地拿捏住了人类生存的这个宇宙的某个部分，如果那里有让我感到某种真实的存在，我就会觉得这已经足够了。可是我觉得真实的东西，不见得别人也会那么想。更何况，也许到了第二天我自己也觉得不是那么回事了。而且，我最不愿意去做的事就是大声叫嚷"这才是真实、这才是真实"。尽管小学三年级的时候开始，我就可以对老师的提问连声高呼三个"我"了，可是对于让我感到害羞的事，我觉得自己还是非常敏感的。至于什么是让我感到害羞的事，我也因为害羞说不出口。写这样的文章就是最让我感到害羞的事了。生活和创作之间的关系什么的，我也完全找不到头绪。

清晨，我从梦中醒来，会给孩子做饭。为了不把孩子饿死，我只是做了所有人都会去做的事。尽管我的做法在别人看来恐怕要皱眉头了，可就在这忙忙碌碌的过程中天就黑了。因为在这期间我会偶有空闲，于是就画点画、思考一些语句。

只是，我之所以贪得无厌地希望自己能一直长生不老，并不是因为我想留下什么不朽名作，而是希望能在电车里遇到那些耳朵眼里密不透风地长满了毛，而且那毛里还掺杂着白色、棕色和灰色的老爷爷。我还希望能在电梯里遇到那些嘴里镶着华丽金牙的老奶奶。

对于儿子，我总是骂他骂到嗓子喊破。可是，如果别人说他脑子笨，我又会整日为之痛苦。每当我火冒三丈却看见他呆呆地深陷在漫画和电视里的样子，真的会感到绝望。尽管如此，在我过生日那天，他会花光自己所有的钱买两支玫瑰花送给我做礼物，我就不想死了。而这一切缺了哪一点都会变得无趣。也许有人会有一个优秀的儿子送给她一百朵玫瑰花，可是我知道在不想死这件事上没有人能超过我。

有那种对妻子干尽了坏事的男人，一旦妻子生病了就不惜放下一切来守护着她，并献上自己的真心。在妻子去世后的一周年忌日那天，他会向亲朋好友发送那种深情款款、催人泪下的纪念妻子的美文。等到妻子两周年忌日的时候，他却宛若重获新生一般和年轻的新妻子生龙活虎地享受着生活。得知这种情形，我真想走到这种人身边拍拍他的肩膀，发自内心地想请他吃一顿好吃的寿司。

我有个朋友会一整天像个孩子一样没完没了地问我这个为什么、那个为什么？我就对她说："你好烦啊！你自己动动脑子好吗？"尽管说了这么刻薄的话，没过三天我就又会打电话跟她说："你来我家玩吧！"对于这样的自己，我忍不住要嘲笑一番。因为我并不想停止这种行为，所以对我来说自己无法参加自己的葬礼真是天下第一让我遗憾的事了。对于如此生活的我来说，你问我这和创作有着怎样的关系，我觉得全都有关联，同时又都没有关联。

我也被问到怎么理解自己是个女的这件事，可是我生下来就一直只做过女人，男人是怎样的我也完全一无所知。

因为一无所知，所以我好像很喜欢男性。可是到我这个年纪就算说出喜欢，也已经无济于事，于是我就会暗地里从上到下，从左到右，来来回回地打量男性，这是我至高无上的乐趣，我想这种程度的喜欢哪怕是神明也会原谅我的。

如果说女性的特权是什么，我想那就只有生孩子这件事了。我只生了一个孩子，就可以顺理成章地成为一个女性，我一直很感谢这件事。善于爬树的我也好，一动不动看着我爬树且永远不会做出这种粗俗举动的白皙而安静的丽子也好，都生了孩子。虽然不可思议，但又顺理成章。

如果自己的孩子被绑架了，对方提出要求母亲不辞去工作就把孩子杀了，我们一定会说：我辞，我辞，我马上就辞！这世上会有不这样回答的女人吗？

可是，被卷进战争漩涡的男人，尽管这场战争已经夺走了他的儿子，但他还会坚毅地忍耐，甚至继续勇猛作战，这样的例子比比皆是。这个世界令人无法理解。

说到什么是最无法理解的，那应该是男女之间的关系了。唯独这个不能简单地说它就等于维生素A零点零三毫克，这真让人又爱又恨。

　　对我来说，"自由翱翔"也好，"自立""解放"也罢，都是些不知所云的、难以理解的概念。如果孩子饿了，你就要想办法从哪里弄回一两个南瓜才行。如果做不到这一点，我就要想你算是什么母亲啊？可是，在战后那个恐怖的时代里，我也曾见过不顾孩子自己一口咬住饭团的女人。

　　和那个时候相比，现在是一个无忧无虑的时代。孩子们不再饥饿，也有了空闲的时间，而我的情况又刚好允许我工作，所以我就自然而然地从事工作了。

　　我知道这是个奢侈的时代。可是，请允许我们在这个可以奢侈的时代尽情奢侈吧。